Zeno Diegelmann
Rhönblut

AF204781

atb aufbau taschenbuch

Zeno Diegelmann, Jahrgang 1974, lebt in Frankfurt am Main und Fulda. Er hat das Libretto für das Musical »Bonifatius« geschrieben und einige Regionalkrimis.

Unter dem Namen Tim Boltz veröffentlichte er bei Goldmann u. a. die Comedy-Bestseller »Weichei«, »Nasenduscher« und »Linksträger«.

Im Aufbau Taschenbuch liegen außerdem seine Romane »Finsterhain« und »Kaltengrund« vor.

»Der Moment schien wie geschaffen, um seinem Leben ein Ende zu setzen. Die nackten Gleise der Bahntrasse schlängelten sich gut und gern zwanzig Meter unter seinen Füßen in ihrer typischen Monotonie durch die abendliche Landschaft und verliefen ins dunkle Nirgendwo. Er blickte sich um. Niemand war zu sehen. Niemand, der zufällig vorbeikam.« Kommissar Klaus Seeberg hat nach dem Tod seiner Tochter mit dem Leben abgeschlossen, als ihn ein Anruf ereilt: Man braucht ihn im Polizeipräsidium Fulda. Ein Mann ist in einem Gewächshaus tot aufgefunden worden. Es gibt Parallelen zu einem Mordfall, der fast zwei Jahre zurückliegt und in dem Seeberg ermittelte. Fast gegen seine Überzeugung kehrt Seeberg zurück und macht sich an die Arbeit. Gibt es zwischen den beiden Morden eine Verbindung? Eine seltene Pflanze bringt den Kommissar schließlich auf die richtige Spur.

ZENO DIEGELMANN

RHÖN
BLUT

KRIMINALROMAN

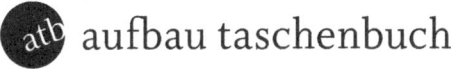

aufbau taschenbuch

MIX
Papier | Fördert
gute Waldnutzung
FSC® C083411

ISBN 978-3-7466-3004-5

Aufbau Taschenbuch ist eine Marke der Aufbau Verlage GmbH & Co. KG

6. Auflage 2024
© Aufbau Verlage GmbH & Co. KG, Berlin 2013
www.aufbau-verlage.de
10969 Berlin, Prinzenstraße 85
Der Verlag behält sich das Text- und Data-Mining nach § 44b UrhG vor,
was hiermit Dritten ohne Zustimmung des Verlages untersagt ist.
Umschlaggestaltung U1berlin, Patrizia Di Stefano
unter Verwendung von Motiven von plainpicture © C & P
und Millennium Rosa Basurto
Satz LVD GmbH, Berlin
Druck und Binden CPI books GmbH, Leck, Germany

Printed in Germany

Der Ermordete ist nicht ohne Verantwortung an seiner Ermordung. Der Beraubte nicht schuldlos an seiner Beraubung. Und der Rechtschaffene ist nicht unschuldig an den Taten des Bösen.

Khalil Gibran, Der Prophet

Prolog

Der Moment schien wie geschaffen, um seinem Leben ein Ende zu setzen. Die nackten Gleise der Bahntrasse schlängelten sich gut und gern zwanzig Meter unter seinen Füßen in ihrer typischen Monotonie durch die abendliche Landschaft und verliefen ins dunkle Nirgendwo. Er blickte sich um. Niemand war zu sehen. Niemand, der zufällig vorbeikam. Und erst recht niemand, der ihn aufhalten wollte. Dann schweifte sein Blick in die Ferne.

Die Herbstdämmerung setzte ein und verschluckte den weiteren Verlauf der Strecke bereits weit vor dem eigentlichen Horizont. Dazu hatte ein nieselnder Regen eingesetzt, der alles mit seinem klammen Schleier benetzte: die Schienen, den Asphalt, das rostige Geländer, welches er soeben überstiegen hatte und nun mit beiden Händen fest umschlossen hielt. Er lehnte seinen massigen Körper nach vorne und riskierte einen Blick in den Abgrund. Vielleicht hatte er ja Glück, und das Geländer würde bereits unter seinem Körpergewicht nachgeben. Dann könnte er sich diese eine, letzte Herausforderung ersparen, selbst den Schritt ins Nichts setzen zu müssen. Denn er ahnte, dass ihm trotz aller Trauer und Taubheit seines Körpers dieser Schritt nicht leichtfallen würde. Sein Puls beschleunigte sich. Allein der Gedanke bereitete ihm Schwindel, und er musste für einen Moment seine Augen schließen. Er spürte die kalte Septemberluft in seine Lungen strömen und atmete sie betont langsam aus. Dabei beobachtete er, wie sich die feuchte Atemluft vor ihm aufbaute und sich sogleich wieder auflöste, als ob es sie nie gegeben hätte. Genau so würde es ihm auch ergehen. Von seinem jämmerlichen Dasein nahm niemand mehr Notiz. Seit dem Vorfall hatte er sich mehr und mehr zurückgezogen, bis er für die Außenwelt schließlich komplett unsichtbar geworden war. Nun würde er sich endgültig auslöschen, ohne dass dies für besonders großes Aufsehen oder Bedauern sorgen sollte. Vielleicht eine Randnotiz in der Presse. Wahrscheinlich aber noch nicht einmal das. Es störte ihn nicht im Geringsten. Nein, es war ihm vielmehr recht.

Ein Griff in seine Innentasche ließ ihn wieder ruhiger atmen, als er den weichen Kaschmirstoff des grünen Schals zwischen seinen Fingern spürte. Sofort schossen ihm die weichen Züge von Lauras Gesicht in den Kopf. Wie sie lachte, ihm von der Straße aus zuwinkte, während er wie jeden Morgen am Balkon stand, seinen Kaffee trank und sie über die Straße zur Bushaltestelle lotste, obwohl sie das schon lange allein konnte. Seine Rufe waren ihr sicherlich oft peinlich vor ihren Schulkameradinnen gewesen. Dennoch bat sie ihn nie darum, es zu unterlassen. Es war ihrer beider Ritual. Lauras und seins. Tochter und Vater. Der Gedanke schmerzte und schnürte ihm den Hals zu, er musste schlucken und kniff seine brennenden Augen bei der Erinnerung zusammen.

Er war leer.

Ausgebrannt.

Ein Schatten seiner selbst.

Er war die schlechteste Version des Mannes, der er einst gewesen war.

Angewidert von sich selbst, öffnete er wieder seine Augen und sah auf seine Uhr. Die Lichter des Schnellzugs nach Frankfurt würden bald am Horizont auftauchen, auf ihn zufliegen und nur Sekundenbruchteile später ganz bei ihm sein.

Ein schriller Ton, der nicht in diese Leere passte, riss ihn jedoch plötzlich aus seinen Gedanken. Für einen Moment verlor er gar das Gleichgewicht und rutschte aus, hielt sich jedoch in einer spontanen Reaktion am Geländer fest. Der Boden der schmalen Brüstung, auf der er stand, knirschte unter der hastigen Bewegung, und einige Schottersteine fielen hinab in Richtung der Gleise. Er schüttelte sich kurz, dann konnte er den Ton zuordnen. Er stammte von seinem Mobiltelefon, das noch immer in seiner Hosentasche klingelte. Ohne weiter nachzudenken, nahm er das Gespräch an.

»Ja?«

»Kommissar Seeberg?«

So hatte ihn seit längerer Zeit niemand mehr genannt. Er räusperte sich und versuchte mit möglichst fester Stimme zu antworten.

»Am Apparat, mit wem spreche ich?«

»Nils Bauer vom Polizeipräsidium Fulda. Der Kollege Reinhard Kohler möchte mit Ihnen sprechen. Moment, ich verbinde.«

Ein kurzes Knacken war in der Leitung zu vernehmen. Seeberg überlegte kurz aufzulegen, doch schon meldete sich eine vertraute Stimme am anderen Ende.

»Klaus? Ich bin es, Reinhard … Reinhard Kohler. Entschuldige, dass ich dich einfach so anrufe und störe. Du hast sicher andere Dinge im Kopf, aber es ist dringend.«

»Kein Problem, Reinhard«, log er. »Um was geht es?«

»Ich weiß, du bist noch vom Dienst freigestellt, aber ich dachte, ich melde mich direkt bei dir und warte nicht erst bis morgen. Auch der Chef meinte, wir sollen dich sofort anrufen.«

»Mich? Warum?«

»Wir haben hier eine Leiche. Männlich, Ende sechzig, vielleicht siebzig. Das Opfer wurde in einem Gewächshaus in einem Blumenhandel in Künzell gefunden, das momentan wegen Renovierungsarbeiten geschlossen ist.«

Es entstand eine kurze Pause, in der niemand etwas sagte, erst dann fragte Seeberg nach: »Und weiter? Ich bin nicht mehr im Dienst, Reinhard. Also, was soll das? Du hättest mich doch nicht angerufen, wenn das alles gewesen wäre.«

Kohler lachte. »Du hast recht. Also, pass auf, das Opfer war nackt und wurde mit mehreren Messerstichen geradezu entstellt.«

»Ja und? Ich verstehe immer noch nicht, was ihr von mir wollt.«

»Das will ich dir sagen. Vieles deutet darauf hin, dass der Täter sein Opfer vorab mit einem Pharmazeutikum bewegungsunfähig gemacht hat, bevor er es sexuell genötigt hat. Der Tote wurde anal traktiert.«

Wieder folgte eine Redepause. Doch diesmal verstand Seeberg, warum man ihn noch vor Ablauf seiner Beurlaubung angerufen hatte.

»Wie damals bei Joachim Pogatetz.«

»Genau.«

Seeberg ging in Gedanken den einstigen Tatort

durch. Er sah, wie das Opfer vor ihm lag, er konnte sogar noch den abscheulichen Verwesungsgestank wahrnehmen.

»War wirklich alles so wie damals bei Pogatetz?«

»Ja, alles«, pflichtete Kohler ihm bei. »Von der exakt zusammengelegten Kleidung neben dem Toten bis zu den typischen Verletzungen. Also, wie sieht's aus?«

»Wie sieht was aus?«, fragte Seeberg.

»Hör mal, Klaus. Niemand hier kann sich auch nur im Geringsten vorstellen, was du in den letzten Monaten durchgemacht hast. Und ich hätte vollstes Verständnis dafür, wenn du sagen würdest, dass dir das am Arsch vorbeigeht und du nichts mehr von der Polizeiarbeit wissen möchtest. Aber wenn du wieder mitmachen willst, dann wäre jetzt der richtige Zeitpunkt. Sogar Bornemann und Pinnow wollen dich für diesen Fall zurück in den Dienst holen.«

»Der Polizei-Vize und der Staatsanwalt? Ausgerechnet die beiden. Ich kann sie genauso wenig ausstehen wie sie mich.«

»Stimmt. Aber wenn du den Fall knackst, können sie dich nicht mehr länger auf Eis legen.«

»Sie suchen doch nur ein Bauernopfer, dem sie alles in die Schuhe schieben können, wenn die Sache schiefgeht.«

Kohler atmete laut in den Hörer, bevor er antwortete.

»Du weißt, wie dieses Spiel läuft, Klaus. Du bist lange genug dabei. Löst du den Fall, sind sie die großen Helden, weil sie dich zurückgeholt haben. Scheiterst du, haben sie ihren Sündenbock schon in der Hinterhand.«

»Klingt für mich so, als gäbe es zu viele Haken an der Sache.«

»Absolut. Und das war noch nicht alles. Du würdest offiziell zunächst nur als Berater des Teams und unter Vorbehalt arbeiten.«

»Was? Du kennst mich, Reinhard. So was mache ich nicht.«

»Ich weiß, es wäre ja auch nur offiziell. Inoffiziell leitest du das Team. Und wenn dein psychologisches Gutachten bestätigt, dass du wieder fit genug für den Dienst bist, bist du wieder an Bord.«

»Welches psychologische Gutachten?«

»Das, was du umgehend machen wirst. Das ist Vorschrift. Du kennst die Regeln.«

Seeberg zögerte. Er wunderte sich selbst darüber, dass er nicht sofort ablehnte. Irgendwas in ihm ließ ihn aufhorchen und Gefallen an dem Gedanken finden.

Entschuldige dich und sag ihnen, dass du das nicht kannst und dass dir das alles sonst wo vorbeigeht. Sie werden es verstehen, dachte Seeberg, dann stieg er zurück über die Brüstung.

»Pogatetz ... hm.« Er strich sich über seinen Dreitagebart.

»Also, können wir auf dich zählen?«

»Gut, ich mache mich direkt auf den Weg.«

»Ich wusste es«, entgegnete der Polizist zufrieden. »Schön, dich wieder an Bord zu haben.«

Seeberg brummte irgendetwas in den Hörer, was weder als Dank noch als Zustimmung zu deuten war. Dann schlug er den Kragen seines Mantels auf und lief im Schnellschritt über die Straße hinüber zurück zu seinem Wagen, den er dort abgestellt hatte. Dort angekommen, nahm er das Kuvert mit dem Abschiedsbrief von der Ablage und legte ihn auf den Beifahrersitz neben sich. Es stand nur ein Name darauf.

Helena.

Fast gleichzeitig schnitt der vorbeirasende Zug mit einem pfeifenden Geräusch die Luft entzwei und donnerte unter der Brücke hindurch in die Dunkelheit. Dann verließ Seebergs Wagen mit quietschenden Reifen den Brückenkopf und verschwand hinter der nächsten Biegung in Richtung Stadt.

1.

Kaum dass er losgefahren war, bereute er seine Entscheidung und hasste sich für seine Schwäche. Warum zur Hölle hatte er sich breitschlagen lassen und der Anfrage Kohlers zugestimmt? Statt seinen Plan eiskalt durchzuziehen, hatte ein einziger Anruf genügt, um ihn weich werden zu lassen. Er wusste nicht einmal, ob er einen einzigen klaren Gedanken zu dem Fall finden konnte. Vielleicht hatte er ja seinen Instinkt verloren, keinen Biss mehr oder war der Arbeit eines Ermittlers einfach nicht mehr gewachsen? Doch je näher er dem Tatort kam, griffen die jahrelang eingeübten Automatismen des Kommissars, und sein Hirn förderte alle verfügbaren Informationen um den alten Fall »Pogatetz« zutage. Es musste tatsächlich ziemlich genau eineinhalb Jahre her sein. Es war ein heißer Sommer gewesen. Man hatte die Leiche eines Mannes in einem Zimmer des Rhön Park Hotel Resort aufgefunden, die dort schon mehrere Tage gelegen haben musste. Das Hotel war ein beachtliches Gebäude mit großem Wellnessbereich und

Gastronomie. Es lag in den grünen Tälern der Rhön ebenso idyllisch wie abseits des Trubels und war zu dieser Jahreszeit durch Wanderer und Familien gut gebucht. Niemandem fiel auf, dass ein Gast nicht zum Frühstück erschien. Ein anderer Gast im Nachbarzimmer hatte schließlich den strengen Geruch bemerkt, der sich im Geschoss ausgebreitet hatte. Auch damals hatte der Täter neben dem Opfer dessen Kleidung exakt gefaltet abgelegt und es, bevor er es erstach, anal traktiert. Zunächst glaubte man daher an einen Mord im homosexuellen Milieu, doch alle Ermittlungen in dieser Richtung versandeten. Seeberg ließ daraufhin die Leiche von einem zweiten Experten obduzieren, der einen frischen Einstich in der linken Armbeuge entdeckte. Da man beim Toten aber keinerlei Drogen finden und man auch keine Verbindungen ins Drogenmilieu nachweisen konnte, verlief auch diese Spur im Sand. Schließlich stellte sich heraus, dass Pogatetz ein Beruhigungsmittel verabreicht worden war. Allerdings waren weder Geld noch andere Wertgegenstände entwendet worden, was einen Raubmord ausschloss. Zumal bei Pogatetz keine Reichtümer zu erwarten waren. Er stellte als Sanitätsoffizier der Bundeswehr kein typisches Ziel eines klassischen Raubmords dar.

Natürlich hatte Seebergs Team das Umfeld des Opfers durchleuchtet. Man befragte seine Familie, Kollegen, sogar die Sportkameraden im Fitnessclub. Doch weder Indizien noch Befragungen ergaben eine heiße Spur oder erklärten, warum Pogatetz überhaupt in diesem Hotel ein Zimmer gebucht hatte. Es war einer von zwei Fällen, die der Kommissar nicht aufklären konnte. Der zweite Fall war ein mehr als zwanzig Jahre alter ungelöster Mordfall, der sich ebenfalls in der Rhön zugetragen hatte. Solche Untersuchungen nach zwei Jahrzehnten und mehr bekam die Mordkommission immer mal wieder zur Überprüfung vorgelegt. Man glich alte Spuren mit aktuellen DNA-Techniken ab und erhoffte sich dadurch neue Aufschlüsse. Er brach damals jedoch die Untersuchung ab, als ihn der Anruf vom Verschwinden Lauras ereilte.

Schon von weitem konnte Seeberg die Lichtmasten erkennen, die rund um das Gewächshaus aufgestellt worden waren und den Tatort für die Spurensuche ausleuchteten. Am Fundort selbst zeigte sich das gewohnt geordnete, aber dennoch wuselige Treiben. Seeberg war dankbar dafür, dass alle Kollegen beschäftigt schienen und ihm so keine Fragen zu seinem Befinden stellen konnten. Er stieg über das Absperrband und nickte einigen vertrauten Gesichtern zu. Einige junge und neue Beamte fielen ihm ins Auge, die er noch nie zuvor gesehen hatte. All die Grünschnäbel verrieten sich durch ihr übermotiviertes Auftreten und die extreme Vorsicht, nur keine Spur zu zerstören. Innerlich musste er schmunzeln, als er an seine eigenen Anfänge dachte.

Als Seeberg näher zum Fundort der Leiche schritt, konnte er den Tod förmlich riechen. Der bestialische Gestank von verwestem Fleisch war unverkennbar. Ähnlich wie damals bei Pogatetz. Um die Leiche befanden sich vier Personen. Drei knieten um den Toten, während einer mit seiner Kamera aus allen möglichen Perspektiven Fotos von der nackten Leiche schoss. Neben dem Toten lag tatsächlich die Kleidung des Mannes fein säuberlich zusammengelegt. Als Seeberg kurz vor der Gruppe seine Schritte stoppte, drehten sich die Anwesenden zu ihm herum. Kohler erkannte ihn als Erstes, stand auf, kam auf ihn zu und reichte ihm die Hand.

»Mensch, Klaus, es tut gut, dich wiederzusehen.«

»Ja.«

Seeberg schüttelte die ihm entgegengestreckte Hand wohl ein wenig zu zögerlich, worauf Kohlers Gesichtszüge sogleich trauriger wurden. Gerade so, als wäre die fröhliche Begrüßung nicht angemessen.

»Und nochmals herzliches Beileid. Ich wäre ja gerne zur Beerdingung gekommen, aber du wolltest ja nicht, dass ...«

»Schon gut.« Allein die Erinnerung an das Begräbnis ließ Seeberg einen Schauer über den Rücken laufen. Er hatte alle Freunde, Bekannten und Kollegen darum gebeten, von Beileidsbekundungen abzusehen. Als Laura zu Grabe getragen wurde, waren nur er und seine Frau Helena anwesend gewesen. »Sind Sie fertig?«, fragte Seeberg den Mann, der die Leiche fotografierte, und ging an Kohler vorbei zu den anderen Personen.

»Nur noch eins.« Die Kamera klickte ein letztes Mal, und der Fotograf verschloss das Objektiv mit einem Nicken in Seebergs Richtung. »Okay.«

»Na, dann wollen wir mal«, setzte Kohler an. »Klaus, das ist Christoph Ammer, ein junger Kollege, der seit sechs Wochen bei uns in der Mordkommission ist. Und Julia Freitag, du müsstest sie noch vom Fall Pogatetz kennen.«

»Natürlich.« Seeberg schüttelte Hände und musterte kurz die beiden. Ammer war nicht nur blutjung, sondern offensichtlich auch einer dieser übermotivierten Anfänger, die ständig um die Gunst der alteingesessenen Platzhirsche buhlten. Er hatte blonde, streng zurückgegelte Haare und seine hagere Figur in eine schwarze Lederjacke gehüllt. Julia Freitag war eine attraktive Frau Ende zwanzig, die damals beim Fall Pogatetz frisch zum Team nach Fulda gestoßen war. Er hatte Respekt vor ihr, da sie als Vollwaise beharrlich ihren Weg gegangen war und eine vorbildliche Karriere eingeschlagen hatte. Seeberg mochte sie.

Der Kommissar räusperte sich und ging zu Füßen des Opfers in die Hocke, um erste Eindrücke zu sammeln. Das Opfer schätzte er auf Ende sechzig und ungefähr ein Meter achtzig groß, übergewichtig mit Halbglatze. Neben den unzähligen Einstichen im Oberkörper zeugte in der linken Armbeuge ein stecknadelgroßer blauer Fleck von einer Injektion. Seeberg befühlte den Stoff des Jacketts des Toten, das neben ihm lag. Dann hob er die Schuhe des Opfers leicht an und inspizierte auch diese eindringlich.

»Und, was sagst du, Klaus?«

Kommissar Seeberg sah zu Kohler auf.

»Das Opfer hatte jedenfalls Stil. Die teure Kleidung lässt den Schluss zu, dass der Mann vermögend gewesen sein muss. Die Schuhe bestätigen diese These ebenfalls, sie sind poliert und an den Sohlen kaum abgetragen. Wer hat die Leiche gefunden?«

Sofort trat Ammer einen Schritt vor.

»Ein wohnsitzloser Mann namens Philipp Hesse, Herr Kommissar. Der Mann ist vierundzwanzig und ein stadtbekannter, aber bisher nie sonderlich auffällig gewordener Junkie. Das war vor ungefähr einer Stunde.«

»Kommt er als Täter in Frage?«

»Ich denke nicht, Herr Kommissar.«

»Darf ich fragen, warum Sie das denken, Herr Ammer?«

Der junge Mann stockte in seiner Ausführung.

»Naja. Außer gegen das Betäubungsmittelgesetz hat Hesse noch nie gegen irgendwelche Gesetze verstoßen. Außerdem hätte er uns nicht verständigen müssen.«

Der Kommissar wies auf das entkleidete Opfer zu seinen Füßen.

»Und die Injektion in seiner Armbeuge? Könnte das nicht auf einen Streit unter Junkies hindeuten? Vielleicht ging es um zehn Euro für den nächsten Schuss.«

»Schon … aber … Hesse wirkt auf mich nicht wie ein Mörder.«

»Darf ich Sie etwas fragen, Ammer?«

»Natürlich.«

Der junge Beamte musste vor Nervosität schlucken. Es war ihm sichtlich unangenehm, sich rechtfertigen zu müssen.

»Haben Sie Erfahrungen mit Heroin?«

»Mit Heroin? Wie meinen Sie das?«

»Na, haben Sie das verdammte Zeug schon mal in Ihre Adern gedrückt?«

»Nein, natürlich nicht.«

»Crack geraucht?«

»Nein.« Ammer schüttelte verstört den Kopf.

»Haben Sie denn wenigstens schon einmal jemanden in einem Drogenwahn ausflippen sehen. Mit Messern? Und Blut? Und Toten?«

»Nein, Herr Kommissar.«

Seeberg schwieg einen Augenblick. Dann sah er Ammer tief in die Augen.

»Dann können Sie sich auch nicht im entferntesten ausmalen, was in so einem Kopf vorgeht, wenn ein Junkie auf Turkey oder 'nem Trip ist, nicht wahr?«

Ammer schüttelte den Kopf. »Nein. Wahrscheinlich nicht.«

»Okay. Wir werden uns den Verdächtigen später vorknöpfen. Was gibt es zum Todeszeitpunkt?«

Julia Freitag übernahm die weitere Ausführung, was dem jungen Ammer sichtlich recht war. Sie kannte den Kommissar besser und wusste, dass er manchmal schroff wirkte, besonders wenn man ihn nicht kannte.

»Laut der medizinischen Abteilung trat der Tod bereits gestern zwischen acht Uhr Abend und Mitternacht ein.«

»Also lag das Opfer bereits fast einen Tag hier«, stellte Seeberg fest. »Sonst irgendwas? Zeugen, Hinweise?«

»Nein, nichts. Der Junkie scheint der Einzige zu sein, der was mitbekommen hat. Aber der ist so zugedröhnt, dass wir erst mal 'ne Weile warten müssen, bis wir ihn vernehmen können. Und mit der Feststellung der Personalien wollten wir warten, bis Sie hier sind.«

»Gut. Dann fangen Sie mal an, Ammer.«

»Ich?« Der junge Beamte zuckte zusammen. Doch statt zu antworten, zog Seeberg nur seine Brauen fragend nach oben. Der junge Kollege tauschte einen kurzen Blick mit Kohler, der ihm mit einer Handbewegung verdeutlichte, dass er mit der Durchsuchung des Opfers beginnen solle.

»Na gut, wie Sie wünschen.« Sogleich kniete sich Ammer zu der Kleidung und begann mit der Innenseite des Jacketts. »Ein Schlüssel, in einem Etui und eine Brieftasche.«

Ammer öffnete sie und kontrollierte für alle sichtbar deren Inhalt.

»Deutscher Pass. Ferdinand Karstensen, geboren 17. Februar 1946 in Hamburg. Zwei Kreditkarten, eine Tankkarte, ein Bewirtungsbeleg eines Restaurants vom gestrigen Abend … oh, Herr Karstensen hat es sich anscheinend gutgehen lassen.« Ammer blätterte die weiteren Fächer des Geldbeutels durch. »Und circa achtzig Euro in bar.«

Er reichte den Beleg an Kohler weiter, der ebenfalls anerkennend pfiff.

»*Goldener Karpfen.* Das ist eins der besten Lokale mit einer der exzellentesten Weinkarten der Stadt. Ist auch beliebt bei solventen Geschäftsleuten, die dort gerne ihre Kunden einladen.«

»Du scheinst dich gut auszukennen.«

Kohler nickte. »Ja. Leider. Meine Frau lässt sich immer dahin ausführen, wenn ich irgendein Jubiläum vergessen habe. Du kennst mich, ich bin öfter dort, als mir lieb ist. Mittlerweile denke ich manchmal, dass es meiner Frau sogar lieber ist, wenn ich unseren Hochzeitstag mal wieder vergesse.«

Seeberg konnte sich ein Schmunzeln nicht verkneifen.

»Gut, wenn du zu dem Lokal so gute Beziehungen hast, dann überprüf doch bitte, mit wem er dort war. Vielleicht kann sich eine der Bedienungen an ihn erinnern. Und überprüf auch gleich seine sonstigen Aktivitäten mit der Kreditkarte.«

»Mach ich«, erwiderte Kohler, während sich der Kommissar zum Toten beugte und an dem Leichnam sowie der Kleidung roch. Verwundert stellte er sich wieder auf.

»Warum stinkt es hier so nach Verwesung, wenn der Tote noch keine vierundzwanzig Stunden tot ist? Bei der Kälte dürfte das doch nicht sein. Seine Kleidung ist es jedenfalls auch nicht. Die scheint frisch gewaschen.«

Kohler deutete in eine der weniger ausgeleuchteten Ecken des Gewächshauses.

»Das haben wir uns zunächst auch gefragt. Die Erklärung wächst dort hinten. Diese riesigen, roten Pflanzen. Die stinken wie die Pest.«

Seeberg ging die wenigen Schritte zu den roten Gewächsen und blieb vor ihnen stehen. Tatsächlich, der Gestank kam von den zwei Blüten, die gut einen halben Meter Durchmesser hatten und ihre leuchtend roten Blätter über den Boden spreizten.

»Wer kauft denn solche Blumen?«

»Tja, man soll nicht glauben, was sich die Leute so alles zu Hause in den Garten pflanzen.«

Seeberg schüttelte den Kopf und kam wieder zu den anderen herüber.

»Wir warten noch die restlichen Ergebnisse der Spurensuche ab. Nehmt noch eine Mütze Schlaf, ihr werdet in den nächsten Tagen nicht oft dazu kommen.«

Alle nickten. Sie ahnten, dass der Kommissar recht behalten würde.

»Wir treffen uns morgen früh um halb acht im Präsidium, in meinem Büro.«

Ammer und Freitag zögerten und warfen einander Blicke zu, sagten aber nichts. Erst Kohler fasste Mut und sah den Kommissar eindringlich an. Auch ihm schien irgendetwas unbehaglich zu sein.

»Klaus, wir wussten nicht, ob du wiederkommen wirst. Daher wurde dein Büro geräumt und anderweitig genutzt. Du musst verstehen, die ganze Situation …«

»Schon in Ordnung.« Seeberg winkte ab und überlegte im selben Moment, ob das eine Lüge war. »Das verstehe ich.«

»Ich stelle dir für den Fall aber gerne mein Büro zur Verfügung. Ist das okay für dich?«

Zunächst wollte Seeberg instinktiv intervenieren, doch dann merkte er, dass es ihm tatsächlich nicht wichtig war. Es passte vielmehr zu seinem Leben. Er hatte keine Familie und auch kein Büro mehr.

2.

»Nein! Nein! Lass mich durch, verdammt. Ich muss es mit eigenen Augen sehen.«

Die verzweifelten Schreie waren markerschütternd. Um ihn herum breitete sich plötzlich eine sengende Hitze aus, die alles Atmen zu einer schweren, körperlichen Anstrengung werden ließ. Kohler stellte sich ihm in den Weg und versuchte, ihn zurückzuhalten.

»Nein, Klaus!«

»Lass mich los und geh mir aus dem Weg!«

»Komm doch zur Vernunft. Ich bitte dich«, versuchte Kohler sein Bestes, um den Kommissar aufzuhalten. Doch Seeberg zückte wie von Sinnen seine

Dienstwaffe und hielt sie seinem Kollegen an die Schläfe.

»Verpiss dich! Ich schwör dir, ich knall dich ab!«

»Klaus, mach es doch nicht noch schlimmer. Beruhig dich! Das hat doch so keinen Sinn.«

Seeberg riss sich aus der Umklammerung, stieß Kohler gegen die geflieste Wand und stürmte in den sterilen Raum, wo in der Mitte nur eine einzige Bahre aufgestellt war. Man hatte den schwarzen Leichensack in die Rechtsmedizin gebracht, um den Körper genauer auf eventuelle Spuren untersuchen zu können. Die Kollegen hatten zwar bereits am Fundort erste Spuren gesichert und Tests durchgeführt, doch die Obduktion sollte endgültige Rückschlüsse auf die näheren Umstände des Todes geben. Kurz vor der Bahre stoppte Seeberg seine Schritte. Er legte die Waffe ab und streckte seine Hände zitternd dem Reißverschluss entgegen, der den Leichensack verschloss.

Er zögerte.

Dann zogen seine Finger den Reißverschluss nach unten. Die schwarze Folie glitt zurück und legte dunkelblondes, lockiges Haar frei, das man mit einer silbernen Spange zu bändigen versucht hatte. Seeberg erkannte die Spange, er war es gewesen, der sie in dem blonden Haar befestigt hatte. Seine bebende Hand strich eine Strähne aus der Stirn.

Laura.

Alles schien innezuhalten.

Die Bewegung seiner Hand.

Seine Atmung.

Die Zeit.

Sein Leben.

Es dauerte einige Sekunden, bis er wieder zurück ins Hier und Jetzt fand und ein erster Laut aus ihm herausbrach. Eine Art Würgen, als hätte er sich heftig verschluckt und versuchte nun, den Fremdkörper herauszupressen. Dabei hielt er den Kopf seiner toten Tochter in seinen Händen und starrte in das vertraute und doch völlig fremd wirkende kalte Gesicht.

Plötzlich rissen die Augen des Kindes auf und funkelten ihn voller Entsetzen an.

»Du hast mich nicht beschützt, Papi.«

Er schrie auf, schreckte zurück, so dass er zu Boden stürzte. Er wollte sich abstützen, doch seine Hände griffen ins Nichts.

»Nein! Nein! Laura!«

Er fuhr aus dem Schlaf und saß senkrecht in seinem provisorischen Bett. Schweißgebadet wischte er sich über Stirn und Bart. Das Blut rauschte in seinen Ohren, und er sah, wie sich seine nackte Brust in schneller Abfolge hob und senkte. »Nur ein Traum«, sprach er zu sich selbst, doch wusste er, dass ihn dieser Traum weder das erste noch das letzte Mal heimgesucht hatte. Nur war er noch nie so real gewesen.

Trotz der niedrigen Temperaturen schlief Seeberg nackt, wie er es stets zu tun pflegte. Seine Augen suchten nach einem festen Punkt, der ihm Orientierung verschaffen sollte. Sie fanden ein blinkendes Licht am Boden. Der Anrufbeantworter seines Telefons. Jemand hatte für ihn eine Nachricht hinterlassen. Vielleicht hat es mit dem heutigen Leichenfund im Gewächshaus zu tun, dachte er und stand von dem alten Sofa auf, das ihm seit Wochen als Schlafplatz diente, und drückte die Playtaste.

»Herr Seeberg, hier spricht Karl Höhn von der Hausverwaltung. Wir haben Ihnen bereits schriftlich versucht mitzuteilen, dass die Mietzahlungen der letzten sechs Monate ausstehen. Wir bitten Sie daher letztmalig ...«

»Arschloch!« Seeberg drückte die Löschtaste des Anrufbeantworters. Er ging ins Bad, schaltete das Licht ein und ließ sich kaltes Wasser in die Hände laufen. Dann tauchte er sein Gesicht hinein. Das Ganze wiederholte er dreimal. Beim letzten Mal griff er sich ein kleines Döschen, in dem er seine Tabletten aufbewahrte, und nahm einen großen Schluck Wasser, damit sie sich besser schlucken ließen. Als er sich vom Becken aufrichtete, erkannte er ein graues, ungepflegtes Gesicht im Spiegel. Es war gealtert und zeugte von tiefer Trauer und seelischer Pein. Er ekelte sich davor. Schnell löschte er das Licht, ging ins Wohnzimmer und setzte sich auf den einzig verbliebenen Stuhl im Raum. Es war neben dem günstig erworbenen Schlafsofa und einem Fernseher das letzte Möbelstück. Ansonsten war die Wohnung gähnend leer. Auf dem Parkett konnte man anhand heller Umrisse jedoch noch erkennen, wo zuvor einmal Couch und Tisch gestanden haben mussten. Ein glückliches Leben war zwischen diesen Wänden gelebt worden.

Seeberg hatte alles ausräumen lassen. Manches hatte er gespendet, einiges auf den Sperrmüll gestellt, das meiste hatte jedoch Helena mitgenommen. Lediglich die Einbauküche zog sich wie ein Relikt aus alter Zeit weiterhin unbeirrt an der Küchenwand entlang, und der alte Fernseher stand auf dem Boden des Wohnzimmers. Beide Gegenstände stammten aus einem anderen Leben. Seeberg schaltete den Fernseher ein, wo gerade eine amerikanische Krimiserie ausgestrahlt wurde. Nach einem neuerlichen Drücken der Fernbedienung zeigte ihm der Videotext, dass es kurz nach vier Uhr am Morgen war. Er schaltete den Fernseher wieder aus, strich sich durch das strähnige Haar und vergrub sein Gesicht in den Händen.

»Laura«, flüsterte er vor sich hin.

Dann schwieg er wieder, blieb stumm auf dem Stuhl sitzen und starrte in seine dunkle Wohnung, bis gegen sechs Uhr der Verkehr vor seinem Haus langsam anschwoll.

3.

Ammer saß hinter einer sorgsam gestapelten Sammlung von Akten. Direkt daneben hatte er seine Tasse abgestellt, auf deren Bodensatz Kaffeereste angetrocknet waren. Demnach war er schon einige Zeit früher gekommen. Das Büro des Abteilungsleiters war ebenso unscheinbar wie die meisten anderen Räume des Polizeipräsidiums. Auch wenn Kohler bereits seit mehr als zehn Jahren dem Kommissariat Kapitalverbrechen vorstand, ein opulenteres Büro wurde ihm nicht zugebilligt. Doch störten solche Nebensächlichkeiten Seebergs alten Kollegen wenig. Kohler war ein Ermittler mit Leib und Seele, wie man ihn nur noch selten in den Gängen des Polizeipräsidiums Osthessen antraf. In wenigen Monaten würde er jedoch seine Marke abgeben und in den wohlverdienten Ruhestand treten. Dann würde einer dieser ehrgeizigen, karrierebesessenen Kollegen aus seinem Schatten treten und seine Rolle übernehmen.

»Morgen. Alle wach?«, fragte Seeberg in die Runde, als er in das Büro trat.

Die junge Julia Freitag drehte sich auf ihrem Schreibtischstuhl herum und versuchte sich an einem Lächeln.

»Nicht wirklich, aber das wäre ja auch das erste Mal. Ich habe jedenfalls kaum ein Auge zubekommen. Und zu allem Überfluss haben wir ein richtiges Problem, Kommissar. Unser Opfer ist ehemaliger Mitarbeiter des Bundeskriminalamts und nun außer Dienst.« Seeberg wusste, was das bedeutete. Eine Menge Telefonate über Zuständigkeiten und Behörden, die sich wahrscheinlich mit an den Fall hängen würden.

»Sollen wir schon mit dem anfangen, was ich noch alles herausgefunden habe, oder warten wir auf Kohler?«, fragte Ammer in Seebergs Richtung und nestelte dabei ungeduldig an einer der Akten in seiner Hand. Noch bevor er die Antwort des Kommissars abgewartet hatte, stand er schon mit den Unterlagen mitten im Raum und streckte sie ihm entgegen. Doch Seeberg drehte sich von ihm ab und deutete auf einen leeren Schreibtisch direkt am Fenster.

»Ist der Tisch noch frei?«

»Ja«, antwortete Freitag. »Wir haben den Platz extra für Sie freigeräumt.

»Gut. Danke.« Seeberg setzte sich. »Wir warten auf Kohler. Die paar Minuten werden Sie sicher auch noch aushalten, oder, Ammer?«

Julia Freitag konnte sich ein Schmunzeln nicht verkneifen. Es dauerte nie lange, bis jeder Kollege die vordergründigste Charaktereigenschaft Ammers erkannte und davon genervt war. Just in diesem Moment schwang die Tür auf, und Kohler trat zu ihnen ins Büro. Er war nicht alleine gekommen. Hinter seinem Rücken schob sich der Vize-Polizeipräsident, Josef Bornemann, an ihm vorbei. Bornemann war nach Seebergs Meinung arrogant, besserwisserisch, eitel und ihm nie wohlgesinnt gewesen. Eine Einschätzung, die viele Kollegen des Präsidiums teilten.

»Mein allerherzlichstes Beileid, Seeberg. Ich hatte bisher keine Möglichkeit, Ihnen das persönlich zu sagen. Aber wir standen alle unter Schock. Ihr Schicksal hat das gesamte Präsidium bis ins Mark erschüttert.«

»Danke.«

Bornemann ließ noch für zwei Sekunden seinen Beileidsblick wirken, dann schaltete er zurück auf Normalmodus. Er zeigte wieder sein affektiertes Dauergrinsen.

»Nun verehrte Kollegen, wie mir Kohler berichtete, haben wir es vielleicht mit einem Serientäter zu tun, ist das richtig? Was haben wir denn bisher?«

Für Ammer war dies eine allzu verlockende Möglichkeit, sich ins Gedächtnis des Vizepräsidenten zu rufen. Wie aufs Stichwort sprang er von seinem Stuhl auf und hielt Bornemann seine Akte entgegen. Doch Seeberg versperrte ihm mit seinem ausgestreckten Arm den Weg.

»Setzen Sie sich, Ammer.«

Verwirrt sah Ammer zunächst den Kommissar, dann Kohler an. Als dieser ihm zunickte, glitt er wie befohlen zurück hinter seinen Schreibtisch.

»Wir haben bisher noch keine wirklichen Erkenntnisse sammeln können, Bornemann«, erklärte Seeberg. »Soeben wollten wir die Auswertungen der Spurensuche zusammentragen und uns ein erstes Bild machen. Wir stecken also noch ganz am Anfang, hoffen aber, dass wir etwas Neues herausfinden können, das uns weiterhilft. Sobald wir etwas Genaueres wissen, wird Kohler sie natürlich sofort davon unterrichten.«

Bornemann spitzte seine Lippen, als wüsste er nicht recht, was er von dieser Aussage halten solle. Wurde hier seine Autorität untergraben? Sollte er die umgehende Einsicht in die Akten Ammers erzwingen? Er überlegte kurz, zog es dann aber vor, von weiteren Fragen abzusehen.

»Gut. Machen Sie das! Sie haben die vollste Unterstützung von meiner Seite.«

Seeberg hielt Bornemann die Tür auf. Es glich eher einem Rausschmiss als einer höflichen Geste. Immerhin zwang Seeberg sich noch ein Dankeschön ab.

»Danke, Bornemann. Wir wissen das sehr zu schätzen.«

Der Vizepräsident drehte sich auf dem Absatz um und zog die Tür hinter sich ins Schloss. Seeberg wartete weitere zwei Sekunden, bis er die sich entfernenden Schritte vernehmen konnte, dann wandte er sich zu Ammer.

»Sie werden nie wieder irgendjemandem Auskunft über unseren Ermittlungsstand geben außer den Personen, die sich in diesem Raum befinden. So etwas dulde ich nicht in meinem Team.«

»Aber Bornemann ist der Vizepräsident.«

»Und wenn er die Reinkarnation von Columbo und Derrick höchstpersönlich wäre. Keine Informationen für irgendwen. Ist das klar?«

Freitag konnte sich ein Kichern nicht verkneifen und erntete dafür ebenfalls einen harschen Blick Seebergs.

»Das gilt für alle.«

»Entschuldigung.«

»Ist das auch für Sie nun klar, Ammer?«

Ammer schluckte, dann nickte er.

Kohler legte Seeberg eine Hand auf die Schulter und deutete ihm damit an, es gut sein zu lassen. Seeberg vergriff sich schnell einmal im Ton oder verbiss sich in einer Meinung. Das hatte ihm bei vielen Kollegen den Spitznamen *Terrier* eingebracht. Er meinte es nicht so und war auch nicht nachtragend, aber die Zusammenarbeit mit ihm konnte gelegentlich aufreibend sein.

»Was Seeberg Ihnen damit sagen möchte, Ammer, ist, dass wir es uns in nächster Zeit nicht erlauben können, irgendjemanden zwischen uns zu lassen. Wir müssen uns blind aufeinander verlassen können. Es könnte sein, dass wir Wege gehen müssen, die für die übliche Polizeiarbeit ungewöhnlich erscheinen.«

Ammer musste sich räuspern, bevor er antwortete.

»Wollen Sie damit sagen, dass wir gegen geltende Gesetze verstoßen sollen?«

»Nein, ganz und gar nicht«, antwortete Kohler. »Aber wir werden die Gesetze bis an die Grenzen ausreizen. Und ich denke, es ist besser, wenn gewisse Abläufe ganz einfach unter uns bleiben.«

Alle nickten. Es war ihnen klar, dass ein besonderes Augenmerk auf diesen Fall gelegt werden würde. Die Medien würden sie belagern, sobald die Identität von Karstensen bekannt geworden war. Es war nur eine Frage der Zeit. Wie Geier würden sie sich auf den Fall stürzen. Einerseits, da es sich um einen Serienmörder zu handeln schien, der nun sogar einen ehemaligen BKA-Beamten ermordet hatte. Zum anderen, weil es Seebergs erster Fall nach dem schrecklichen Tod seiner Tochter war.

»Nun, zeigen Sie mal her, was Sie da herausgefunden haben«, erklärte Seeberg und griff nach der Akte des jungen Beamten. »Irgendwas Brauchbares dabei, außer dass unser Opfer beim Bundeskriminalamt tätig war?«

»Was?« Kohler konnte kaum glauben, was er da gerade erfuhr. Er hatte von Karstensens Position noch keine Ahnung gehabt. »Ist das euer Ernst?«

Ammer nickte, machte aber ansonsten noch immer einen verstörten Eindruck. Dann übergab er Seeberg die Akte und setzte seine Kollegen in Kenntnis.

»Er war ein ehemaliger Mitarbeiter. Er ist vor einem Jahr in Pension gegangen. Ich habe die Daten beim Einwohnermeldeamt und anderen Ämtern überprüft. Karstensen ist erst vor kurzer Zeit hier nach Fulda gezogen. Zuvor lebte er in Wiesbaden und hat dort beim BKA gearbeitet. Er wohnte mit seiner Frau zuletzt am Frauenberg. Sie sind kinderlos.«

Seeberg sah zwischen zwei Akten auf.

»Weiß die Ehefrau vom Tod ihres Gatten?«

»Ja, zwei Kollegen von der Streife haben ihr die Nachricht noch gestern Nacht überbracht.«

»Finden Sie heraus, wie die Ehefrau auf die Nachricht reagiert hat. War sie entrüstet, gefasst oder gar nichts von alledem.

Wir können niemanden ausschließen. Es wäre

nicht das erste Mal, dass eine eifersüchtige Ehefrau ihren Ehemann getötet hat.«

Ammer strich sich über das gegelte Haar. »Ich kümmere mich darum.«

»Gut.« Seeberg wandte sich zu Kohler. »Und was macht unser Junkie?«

»Sitzt oben im Verhörraum. Er wird langsam ungeduldig.«

»Warum? Wird ihm nun langsam bewusst, dass er des Mordes verdächtigt wird?«

»Nein, ich glaube, er wird eher langsam nervös, weil er einen Schuss braucht. Aber er sollte aus ganz anderen Gründen nervös werden, die Kollegen haben nämlich seine Fingerabdrücke auf dem Toten gefunden.«

»Tatsächlich?«

»Ja. Die Spurensicherung hat mich vorhin informiert. Sie fanden Abdrücke auf dem Handy, Gürtel und an der Brieftasche des Opfers.«

»Er hat ihn also nicht nur gefunden und darauf sofort die Polizei verständigt. Dieser Idiot!«

»Du glaubst nicht, dass er was damit zu tun hat.«

»So ein Typ ist im Rausch zu allem fähig. Aber dass er dabei zufälligerweise einen anderen Mord exakt kopiert ... Ich weiß nicht. Was denkst du?«

Kohler zuckte mit den Schultern. »Er sieht mir nicht wie jemand aus, der erst wie irrsinnig sein Opfer aufschlitzt und dann dessen Kleider fein säuberlich zusammenlegt.«

»Okay, ich übernehme das selbst mit der Vernehmung. Vielleicht finden wir ja eine Erklärung«, antwortete Seeberg. »Wir werden uns aufteilen müssen. Ammer und Freitag, Sie sprechen mit Frau Karstensen und statten ihr einen Besuch ab. Finden Sie heraus, ob sie etwas von außerehelichen Aktivitäten ihres Manns wusste. Fragen Sie sie auch, ob ihr der Name Pogatetz etwas sagt.«

»Okay«, antwortete Freitag und griff sich ihre Tasche neben dem Schreibtisch. »Außerdem müssen wir noch im *Goldenen Karpfen* nachfragen, mit wem Karstensen dort essen war.«

»Gut«, sagte Seeberg »und ich werde mir nach der Vernehmung nochmals die alten Akten vornehmen und nach Parallelen zum Fall Pogatetz suchen.«

Alle machten sich auf, um ihren Aufgaben nachzugehen. Nur Kohler blieb inmitten seines Büros zurück.

»Und ich?«

»Du?« Seeberg drehte sich um. »Du tust das, was du immer tust. Und was kein anderer von uns leisten kann.«

»Ach, und das wäre?«

»Du hältst uns den Rücken vor Bornemann und den anderen frei.«

Kohler lachte. »Mach ich, aber lass mich wenigstens zum Verhör des Junkies mit hochkommen. So wie in alten Zeiten.«

Seeberg öffnete die Tür, und die beiden jungen Kollegen gingen voraus. Hinter ihnen stand Kohler noch immer im Büro.

»Also gut.« Seeberg schaffte es zu lächeln. »Meinetwegen. Wie in alten Zeiten. Wer willst du sein? Gut oder böse?«

»Lassen wir uns einfach überraschen. So macht es mehr Spaß.«

Die beiden Männer verließen ebenfalls das Büro und gingen den kahlen Gang in Richtung des Aufzugs, in dem Freitag und Ammer soeben verschwanden. Als sich die Tür schon beinahe hinter den beiden geschlossen hatte, schob Seeberg seine rechte Hand zwischen die Türflügel.

»Ach, noch was, Ammer.«

Seeberg hielt ihm die Akte hin.

»Ja?«

»Gute Arbeit, junger Mann. Wirklich, gute Arbeit.«

Es war das erste Mal an diesem Morgen, dass Ammer völlig still stand. Noch bevor er sich bedanken konnte, schlossen sich die Aufzugstüren wieder vor seinem verdutzten Gesicht.

4.

Philipp Hesse nestelte mit den abgekauten Fingernägeln seiner Hände am Reißverschluss seiner zerschlissenen Jeansjacke. Unter den Armen waren getrocknete Schweißränder zu erkennen, und unzählige Flecken aus Schmutz und altem Blut waren insbesondere auf dem linken Ärmel zu sehen. Ein typisches Bild für einen Drogenabhängigen, der sich seine Jacke vor dem Schuss hochschiebt, um sich die Kanüle in die Armbeuge zu setzen. Hesses Haar war trotz seiner erst vierundzwanzig Jahre bereits schütter und hing ihm in fettigen Strähnen in die blasse Stirn. Er schwitzte und konnte kaum still sitzen. Ein sicheres Indiz dafür, dass er auf Entzug war und dringend einen Schuss brauchte. Seeberg und Kohler beeindruckte das wenig. Sie wussten, dass es mit jeder Minute, die verstrich, wahrscheinlicher wurde, dass Hesse mit der Wahrheit herausrückte, da die Entzugserscheinungen ihm immer mehr zusetzen würden und auch noch so wichtige Vorsätze und Ausreden verdampfen ließen. Allerdings mussten sie vorsichtig vorgehen und durften den Bogen nicht überspannen. Andernfalls würde Hesse alles gestehen, was man ihm vorwerfen würde. Selbst die Ermordung Kennedys.

»Ich habe doch bereits gesagt, dass ich keine Ahnung habe, wie der Typ dort hingekommen ist oder wie lange er schon dort lag. Das ist die Wahrheit. Ich habe damit nichts zu tun. Ich habe ihn dort gefunden und habe sofort die Polizei angerufen.«

Seeberg verschränkte die Arme vor der Brust und lehnte sich entspannt gegen die Rückenlehne des Stuhls. Eine ganze Weile verharrte er schweigend. Für Hesse schien dieses Schweigen unerträglich zu sein. Schließlich löste sich Seeberg wieder aus seiner Position und wischte sich mit seinen Händen über das Gesicht.

»Also nochmal. Sie sind bei ihrem Abendspaziergang zufällig am Gewächshaus vorbeigekommen und dachten sich, dass Sie mal reinschauen, wenn Sie schon in der Nähe sind. Und dort haben Sie dann zufällig den Toten entdeckt.«

»Ja.«

»Verstehe. Sie sind wohl so was wie ein Naturliebhaber und wollten sich die Pflanzen des Gewächshauses mal bei Nacht anschauen.«

Hesse nickte und rieb sich die feuchten Hände.

»Genau, so war es.«

Seeberg schnellte auf seinem Stuhl nach vorn.

»Mensch, Hesse, Sie wissen wohl nicht, dass Sie hier unter Mordverdacht stehen. Dort liegt ein ermordeter Beamter des Bundeskriminalamts im Gewächshaus, übersät mit Fingerabdrücken von Ihnen. Wenn

Sie uns jetzt also nicht ganz schnell die Wahrheit sagen, gehen Sie wegen Mordes für verdammt lange Zeit in den Bau. So schaut's aus.«

»Mord? Aber ich habe doch die Polizei gerufen. Warum sollte ich das denn tun, wenn ich …«

Kohler stand auf, ging um den Tisch und legte dem Verdächtigen eine Hand auf die Schulter. Er sprach mit ruhiger Stimme auf Hesse ein.

»Junge, du warst total zugedröhnt und konntest keinen klaren Gedanken mehr fassen. Das winkt der Staatsanwalt sofort durch.«

»Aber …«

»Was denkst du, Klaus? Wie viel Jahre wird er kriegen?«

Der Kommissar zuckte die Schultern. Er kannte das Spiel, das Kohler und er zur Perfektion beherrschten. Kohler war also in die Rolle des Guten geschlüpft. Für ihn selbst blieb der böse Bulle übrig. Die Verteilung war ihm so auch lieber.

»Ein Junkie wie er? Wenn er Glück hat, fünfzehn Jahre.«

»Was?« Hesse rieb sich immer nervöser die Hände. »Aber …«

Kohler beugte sich zu Hesse hinunter. »Wenn er das sagt, müssen wir das glauben. Er kennt sich damit wirklich gut aus. Ist ein verdammter Experte für solche Fälle. Aber mach dir da mal keine Gedanken.

Dein Anwalt wird sicherlich wegen der Drogen auf Totschlag und Unzurechnungsfähigkeit plädieren. Mit etwas Glück bist du schon nach zehn Jahren wieder draußen.«

»Zehn Jahre?«

Seeberg war wieder an der Reihe und legte nach.

»Weißt du, Reinhard, die Frage ist nur, wie Herr Hesse den kalten Entzug hinter Gittern verkraftet. Das macht die meisten echt fertig.«

Kohler zog die Luft zwischen seinen Zähnen zischend ein, als hätte er sich gerade an etwas geschnitten.

»Ah, das stimmt leider. Und so ein junger Bursche wie er wird bestimmt gerne im Duschraum willkommen geheißen. Da fällt mir gerade ein: Sitzt der alte Jack noch immer ein?«

»Jack? Der einsame Jack, der jeden Neuankömmling mit einer Dose Schmieröl zu sich in die Zelle einlädt? Ja, der sitzt noch. Der hat doch lebenslänglich bekommen. Jack kommt nicht mehr raus. Dem ist jetzt alles egal.«

Hesse schluckte. »Aber ich habe doch gar nichts getan. Ich habe niemanden umgebracht. Das wüsste ich doch.«

»Ach, Sie wissen doch gar nichts mehr!« Seeberg stand auf und ging hinter dem Verdächtigen in dem Verhörraum auf und ab, während sich Kohler wieder an den Tisch setzte. »Ich will Ihnen sagen, was vorgefallen ist. Meiner Meinung nach waren sie auf Turkey, ähnlich wie jetzt. Kaltschweißig, kurzatmig, nervös. Total durchgeknallt. Wir wissen doch, wie das ist. Alles drehte sich um den nächsten Schuss. Sie mussten dringend an Geld kommen, und zwar schnell. Wahrscheinlich waren sie zu Fuß auf dem Weg Richtung Bahnhof zu ihrem Dealer, als Ihnen in Höhe des Gewächshauses das spätere Opfer entgegen kam. Das klingt doch plausibel, Reinhard, oder?«

Seeberg drehte sich zu Kohler, der ihm beipflichtete.

»Absolut, ja. So könnte es gewesen sein.«

Wieder an Hesse gewandt, deutete Seeberg mit dem Zeigefinger auf den immer unruhiger werdenden Verdächtigen.

»Sie trafen auf den gut gekleideten Mann und erkannten, dass dieser Kohle haben muss. Dann fielen Sie über ihn her, zerrten ihn durch die Baustelle bis hin zum Gewächshaus und stachen immer wieder auf ihn ein. Dann nahmen Sie sein Geld, wechselten irgendwo Ihre blutverschmierten Klamotten, verschafften sich einen Schuss, und als Sie wieder einigermaßen klar waren, riefen Sie die Polizei. Sie wussten, dass Sie in Ihrem Zustand möglicherweise Spuren hinterlassen hatten, und wollten mit dem Anruf davon ablenken.«

»Scheiße, nein.« Hesse schüttelte mit dem Kopf und zuckte nervös mit seinen Beinen. »Nein, so war das nicht.«

»Sondern?« Der Kommissar schaute Hesse von hinten über die Schulter an. Er wusste, dass es nicht so gewesen sein konnte, wollte es aber aus dem Mund des Verdächtigen hören. »Wie war es denn, Hesse? Wie?«

»Okay, ich werde Ihnen die Wahrheit sagen.«

»Schon wieder?« Seeberg hob erstaunt die Brauen und schaute Hesse prüfend in die Augen. »Wie viele Varianten haben Sie denn noch so im Angebot?«

»Nein, ehrlich jetzt. Ich sag Ihnen, wie es war.«

»Dann geben Sie sich mal Mühe, um uns diesmal von der wirklichen Wahrheit zu überzeugen.«

Seeberg nahm sich einen Stuhl und zog ihn zu sich. Hesse begann mit seiner Erklärung.

»Ich war tatsächlich am Bahnhof, um mir meinen Stoff zu besorgen. Aber vorher. Ich habe die Baustelle am Gewächshaus schon ein paar Tage vorher entdeckt und mich dort einquartiert. Es ist so saukalt momentan. Und dann noch dieser scheiß Regen. In den Gewächshäusern ist es immer angenehm warm, und niemand stört mich dort.«

»Weiter.«

»Ich hatte mir gerade den Schuss gesetzt, als ich mich hinlegen wollte. Und da habe ich diesen Typen

46

neben mir am Boden liegen sehen. Scheiße Mann, können Sie sich vorstellen, was das für ein beschissener Trip war? Jedenfalls hat es ein paar Minuten gedauert, bis ich wieder einigermaßen bei mir war. Dann habe ich mit dem Handy die Polizei gerufen.«

»Und wie sind Ihre Fingerabdrücke auf die Sachen des Toten gekommen?«

Hesse kratzte sich am Hals, bis eine rote Hautstelle hervortrat.

»Na ja, während ich wartete, dachte ich mir, dass der Typ sicher keine Kohle mehr braucht, dorthin, wohin er jetzt geht.«

»Und da haben Sie in den Sachen nach der Brieftasche des Toten gesucht und sie leergeräumt?«

»Ja.«

»Und die Fingerabdrücke auf dem Gürtel?«

»Ich dachte, dass mir die Schnalle bestimmt 'nen Zehner bringt. Auf dem Flohmarkt kriegt man für so was gutes Geld. Er konnte doch eh nichts mehr damit anfangen. Aber ich! Ich muss doch essen und trinken.«

In diesem Moment wurde die Tür zum Verhörraum geöffnet, und ein uniformierter Kollege kam mit einem dicken Umschlag unter dem Arm herein und drückte ihn dem Kommissar in die Hand.

»Ich habe hier die von Ihnen angeforderten Akten vom Fall Pogatetz.«

»Ja, danke.«

Seeberg legte den Umschlag vor sich auf den Tisch und suchte darin nach etwas. Es dauerte nicht lange, bis er ein Foto von Pogatetz fand. Er legte es vor Hesse auf den Tisch.

»Kennen Sie diesen Mann hier?«

Hesse sah vom Boden auf, dann blickte er auf das Foto.

»Nein, wer soll das sein? Das ist nicht der Mann aus dem Gewächshaus, oder?«

»Beantworten Sie nur meine Fragen! Der Name Pogatetz sagt ihnen auch nichts?«

»Nein.«

Seeberg schob das Foto zurück in den Umschlag.

»Herr Hesse, wo waren Sie am 4. August vorletztes Jahr?«

»Soll das ein Witz sein? Woher soll ich wissen, wo ich an diesem beschissenen Tag war. Vor anderthalb Jahren war ich ja noch nicht einmal hier in Deutschland.«

»Wie meinen Sie das?«

»Ich war damals in Florida an der Highschool von Boca Raton. Ich hatte dort ein Sportstipendium. Ja, schauen Sie ruhig so blöd. Damals war ich noch fit. Ich war echt gut und habe da ein Stipendium bekommen. Da drüben ging dann auch die ganze Scheiße mit den Drogen los.«

Seeberg und Kohler wechselten einen kurzen Blick. Diesmal war es Kohler, der die nächste Frage stellte.

»Hast du Zeugen dafür, dass du dort drüben warst?«

»Na ja, meine Mitschüler und Lehrer. Also eigentlich 'ne ganze Menge. So um die tausend.«

Den beiden Beamten war klar, dass Hesse auf keinen Fall für den Mord an Pogatetz verantwortlich sein konnte, wenn diese Aussage stimmte. Und aller Wahrscheinlichkeit nach war Hesse auch nicht für den Tod an Karstensen verantwortlich. Seeberg schob den Stuhl zurück und stand auf.

»Kann ich dann gehen? Oder muss ich zu diesem einsamen Jack in die Zelle?«

»Nein, Sie können noch nicht gehen. Sie sind immer noch tatverdächtig«, erklärte Seeberg.

Kohler klopfte dem jungen Mann auf die Schulter, als er aufstand.

»Aber wir legen dich erstmal nicht zu Jack.«

Die beiden Beamten verließen das Verhörzimmer und machten sich wieder auf den Weg zu den Aufzügen. Als sich die Schiebetüren vor ihnen schlossen, musste Kohler plötzlich anfangen zu lachen.

»Was ist los, Reinhard, bist du jetzt übergeschnappt?«

»Nein, aber das hat Spaß gemacht eben. Der alte Jack? Wie bist du denn darauf gekommen?«

Auch Seeberg musste lachen. Es war das erste Mal seit Wochen.

»Na ja, ich dachte, Jack hört sich eben nach einem Riesenkerl an.«

»Oh, Mann, das war spitze. Das habe ich schon Jahre nicht mehr gemacht, ich wusste gar nicht mehr, wie viel Spaß richtige Ermittlerarbeit machen kann.«

»Du bist halt ein Sesselfurzer geworden. Gewöhn dich dran. In ein paar Wochen hast du den ganzen Scheiß hinter dir.«

5.

Die Buchsbaumhecke, die das Grundstück zur Straße hin abgrenzte, war exakt gestutzt und ließ keine Blicke auf den kleinen Innenhof zu, der zum Eingang führte. Der kleine Weg zur Haustür war geschottert. Unter den Schuhen der beiden Beamten knirschte der Kies, als sie die wenigen Schritte zum Türportal hinauf nahmen. Das Haus selbst war eine Villa, wie sie typisch für den noblen Fuldaer Frauenberg war. Feudal, in Weiß getüncht und mit liebevoll restaurierten Ornamenten und Holzfensterläden bestückt. Als Ammer und Freitag klingelten, summte eine Kamera über ihrem Kopf, und die Stimme einer Frau erklang aus der Gegensprechanlage.

»Ja?«

»Frau Karstensen?« Die beiden Beamten sahen in das Auge der Kamera über ihren Köpfen und hielten ihre Dienstausweise hoch. »Mein Name ist Julia Freitag, und das ist mein Kollege Christoph Ammer. Wir untersuchen den Tod Ihres Mannes und würden uns gerne mit Ihnen unterhalten.«

Ohne eine weitere Antwort zu erhalten, summte der Türöffner, und die beiden Beamten traten ein. War die Außenfassade des Hauses schon von edlem Schick geprägt, so vertiefte das Ambiente des Inneren diesen Eindruck noch weiter. Mächtige Gemälde Alter Meister säumten die Wände und verliehen der kleinen Empfangshalle einen elitären Charme. Eine blond gelockte Frau stand direkt vor einem dieser Bilder. Sie trug dunkle, aber stilsichere, moderne Kleidung und hielt ein Glas Wein in der Hand, was zu dieser Tageszeit ungewöhnlich erschien. Doch noch ungewöhnlicher war die Tatsache, dass die äußerst attraktive Frau Karstensen sicher weniger als halb so alt wie ihr verstorbener Ehemann war. Anfang dreißig, keinesfalls älter. Dennoch wirkte sie müde und ausgelaugt.

»Sind Sie Michelle Karstensen, die Ehefrau des Verstorbenen?«

»Ja, die bin ich. Bitte treten Sie ein, ich hatte Sie eigentlich schon früher erwartet.«

Die junge Dame deutete in eines der Zimmer, die von der Empfangshalle abgingen. Ammer und Freitag folgten ihr in den Raum, der mit dunklem Holzmobiliar zu einer Bibliothek umgebaut worden war.

»Möchten Sie auch einen Drink?«

»Nein, danke«, antworteten die beiden Beamten und nahmen auf einer altenglischen Ledercouch Platz. Alles wirkte sehr klassisch und einen Hauch zu altbacken für die junge Witwe.

»Natürlich, wie dumm von mir. Sie sind ja im Dienst. Sie müssen entschuldigen, aber ich weiß nicht, wie ich sonst den heutigen Tag überstehen soll.«

Ammer faltete seine Hände. Die Geste sollte verständnisvoll wirken. Die beiden Beamten hatten sich abgesprochen, dass er zunächst die Gesprächsführung übernehmen sollte.

»Das verstehen wir. So ein Ereignis wirft jeden aus der Bahn. Der Verlust muss schlimm für Sie sein. Unser herzliches Beileid.«

Frau Karstensen schwenkte den Wein in ihrem Glas und ließ mit ihren Augen nicht von dessen tiefroter Farbe ab.

»Um ehrlich zu sein … nein.«

»Nein? Was meinen Sie damit?«

»Es wirft mich nicht aus der Bahn, und ich bin auch nicht traurig. Es geht mir nicht um Ferdi. Die Liebe zwischen uns ist schon seit Langem erloschen … falls sie überhaupt jemals existiert hat.«

»Was meinen Sie dann damit, dass Sie den Tag nur schwer überstehen werden?«

»Sehen Sie sich doch mal hier um.« Frau Karstensen deutete auf eine Wand voller Fotos. Es mussten Dutzende sein. Sie zeugten von dem bewegten Leben ihres Ehemanns. Safaris in Afrika und Skifahren in der Schweiz. Sie selbst war auf den wenigsten Fotos zu erkennen. Meist lächelte Ferdinand Karstensen mit Freunden und anderen Frauen darauf in die Kamera. »Was denken Sie, wie viele seiner Kollegen und Freunde anrufen werden, um ihr Mitleid zu heucheln. Ganz zu schweigen von dem ganzen Papierkram, der nun auf mich zukommt.«

»Sie trauern also nicht um Ihren Ehemann?«

Die Witwe nahm einen großen Schluck Rotwein. Dann setzte sie das Glas ab.

»So etwas gehört sich wohl nicht in unserer Gesellschaft, nicht wahr? Bin ich dadurch jetzt eine böse Ehefrau? Oder sogar verdächtig?«

»Sagen Sie es uns.«

Sie lachte laut auf.

»Ha, ich kann ja nicht einmal einen Regenwurm bei der Gartenarbeit anfassen. Wie soll ich da jemandem etwas antun, geschweige denn einen Menschen ermorden? Aber wenn Sie mich fragen, ob Ferdi den Tod verdient hat, dann muss ich Ihnen sagen, dass er ein Schwein war, beruflich wie privat.«

Die beiden Kollegen wechselten einen irritierten Blick.

»Verstehen Sie mich bitte nicht falsch, aber darf ich fragen, warum eine so attraktive und junge Frau einen Mann wie Karstensen geheiratet hat?«, schaltete sich nun auch Freitag in das Gespräch ein.

Die Frage schien der Dame des Hauses nichts auszumachen. Im Gegenteil, sie wirkte amüsiert, ja beinahe geschmeichelt und sah Freitag durchdringend an.

»Weil ich damals eine junge, dumme Göre war, die ihre große Chance sah. Wissen Sie, ich komme aus eher bescheidenen Verhältnissen und hatte selbst keine allzu schöne Kindheit. Familie war für mich immer nur ein Begriff, den ich aus dem Fernsehen kannte, und da dachte ich, dass dies meine Schneewittchengeschichte werden würde. Cinderella, Sie verstehen?«

Die Beamtin nickte. »Ja, ich verstehe. Aber es wurde kein Märchen?«

Michelle Karstensen sah zu Boden, während sie wie zu sich selbst weitersprach.

»Ferdi wollte keine Ehefrau, er wollte vielmehr einfach nur eine blutjunge Hure, über die er verfügen konnte, wie er wollte und wann er wollte. Eine Frau, mit der er sich auf Partys brüsten konnte und um die ihn seine Freunde beneiden. Das Märchen war jedenfalls sehr schnell vorbei.«

»Hat er Sie …«

»… vergewaltigt?« Die Witwe blickte auf. »Meinen Sie das?«

Freitag nickte.

»Jeder Sex mit Ferdi glich einer Vergewaltigung. Aber irgendwann merkt man es nicht mehr, man stumpft ab und lässt es über sich ergehen. Ich war schon immer gut darin, abzustumpfen.« Michelle Karstensen stand auf und füllte ihr Glas. »Wollen Sie wirklich nichts?«

Erneut lehnten beide Beamten ab. Julia Freitag schien es die Sprache verschlagen zu haben. Ammer fing sich schneller als seine Kollegin und übernahm wieder die Befragung.

»Wie lange waren Sie und Ihr Ehemann verheiratet?«

»Neun lange, qualvolle Jahre. Ich habe ihn mit zweiundzwanzig kennengelernt, da war er schon über fünfzig.«

»Gab es andere Liebhaber in Ihrem Leben?« Es war Ammer sichtlich unangenehm, der attraktiven Witwe diese Frage zu stellen. »Verzeihen Sie die indiskrete

Frage, aber meist suchen sich vernachlässigte Partner eine andere Person, der man sich öffnen kann. Vielleicht bringt uns das auf eine Spur.«

»Wenn Sie mich fragen, ob ich jemals während unserer Ehe etwas mit einem anderen Mann hatte, so ist die Antwort nein. Der ekelhafte Sex mit Ferdi war mir schon mehr als genug. Da war meine Lust auf andere Männer nicht allzu groß.«

Sie sah zunächst Ammer tief in die Augen, dann wechselte ihr Blicke zu Freitag.

»Und Ihr Mann? Hatte er jemals eine Affäre?«

»Eine?« Ihre Augen wanderten durch den Raum, als würde sie dort irgendwo die genaue Anzahl der Gespielinnen ihres Mannes finden. »Dutzende, aber nie etwas Festes. Meist Nutten und junge Dinger, die sich in irgendeiner Bar von ihm und seinen Freunden aushalten ließen. Manchmal war er auch für ein, zwei Tage verschwunden. Ich will gar nicht wissen, wo er in dieser Zeit war und was er da alles getrieben hat.«

Ammer notierte sich stichpunktartig die Aussagen der Witwe in einen kleinen Notizblock.

»Wie sieht es mit Feinden aus? Gab es jemanden, der ihm nicht wohlgesinnt war?«

Wieder lachte Frau Karstensen auf. Allerdings klang es künstlicher als zuvor.

»Ob er Feinde hatte? Fragen Sie mich lieber, wer ihn nicht lieber tot als lebendig sehen wollte. Selbst seine sogenannten Freunde konnten ihn nicht ausstehen. Sie hatten nur zufällig die gleichen Hobbys wie Ferdi. Huren und Macht.«

»Könnten Sie uns die Namen dieser Freunde geben?«

»Natürlich. Ich schreibe Ihnen die Namen auf.«

Frau Karstensen ging zum Schreibtisch und notierte einige Namen. Ammer nahm den Zettel entgegen und stand auf. Freitag folgte ihm.

»Vielen Dank, Frau Karstensen. Ich hätte dann nur noch eine Frage. Wo waren Sie gestern Abend zwischen 18:00 und 23:00 Uhr?«

»Ich war shoppen. In zwei Geschäften auf der Marktstraße.«

»Bis um 23 Uhr? So lange?«

Sie lächelte. »Ich mag es gerne etwas exklusiver. Daher darf ich nach den Öffnungszeiten in diesen Läden einkaufen.«

»Kann das irgend jemand bezeugen?«

»Fragen Sie die Verkäuferinnen, sie dürften sich alle gut an mich erinnern. Ich habe ein kleines Vermögen dort gelassen.«

»Gut. Vielen Dank für Ihre Geduld. Wir würden uns dann gegebenenfalls nochmal bei Ihnen melden, wenn es Ihnen nichts ausmacht.«

»Etwas dagegen? Wie könnte ich! Ich stehe Ihnen jederzeit zur Verfügung.«

Sie gingen den gleichen Weg zurück, den sie gekommen waren. Vorbei an den Gemälden. Als sie schon wieder auf dem Schotterweg waren, drehten sie sich nochmals zu Michelle Karstensen um. Die Witwe stand im Türrahmen und nippte an ihrem Glas.

6.

Es war enttäuschend. Seeberg war alleine im Büro und hatte darauf gehofft, dass er bei der Durchsicht der alten Akten zum Mord im Rhön Park Hotel vielleicht eine neue Erkenntnis gewinnen würde. Eine Kleinigkeit, die ihm damals entgangen war. Ein Indiz, das durch den jetzigen Mord vielleicht in einen anderen Zusammenhang gebracht werden konnte und eine Spur versprach. Doch weder der Bericht des Rechtsmediziners noch die Vernehmungsprotokolle der spärlichen Zeugenaussagen ergaben eine Verbindung vom Fall Pogatetz zum Fall Karstensen. Außer, dass beiden nackten Opfern vor dem Mord eine Substanz verabreicht worden war, sie anale Wunden aufwiesen und mit Messerstichen übersät waren, gab es keinerlei Hinweise. Leider hatte man Pogatetz damals erst einige Tage nach der Tat gefunden. Einige Spuren waren dadurch nicht mehr verwertbar gewesen.

Der Kommissar griff in eine weitere Akte, auf der

mit schwarzem Filzstift die Worte »Fotos/Fundort Pogatetz« geschrieben standen. Er breitete die Aufnahmen vor sich in vier Reihen auf dem Schreibtisch aus. Die erste Reihe zeigte den nackten Körper Pogatetz' auf dem Bett. Mit aufgerissenen Augen lag er mit weit ausgestreckten Armen auf der Bettdecke. Seeberg kniff die Augen zusammen.

»Mist«, fluchte er. Seine Sehkraft hatte in der letzten Zeit deutlich abgenommen. In den letzten Jahren war es seine Eitelkeit gewesen, die ihn davon abgehalten hatte, eine Brille zu tragen. Nun war es ihm gleichgültig geworden. Eine Sehhilfe wäre jetzt hilfreich gewesen.

»Wo hast du deine blöde Lupe?«, murmelte er vor sich hin und suchte in den Schubladen des Schreibtischs von Kohler. Seeberg wusste, dass dieser bei Fotosichtungen stets eine große Lupe zur Hand hatte. Die Kollegen hatten ihn dahingehend immer wieder aufgezogen und ihn scherzhaft als *Blinden Maulwurf* oder *Sherlock Holmes für Arme* bezeichnet. Zu seinem sechzigsten Geburtstag hatten die Kollegen zusammengelegt und ihm sogar eine Sherlock-Holmes-Mütze und eine Pfeife geschenkt. »Ah, da bist du ja.« Seeberg zog die Lupe aus einer Lederschutzhülle und begutachtete die einzelnen Fotos nun durch das Vergrößerungsglas. Auch die zweite Reihe der Fotos, die das Hotelzimmer zeigten, in dem der Mord stattgefunden hatte, zeigte keine neuen Auffälligkeiten. Das zerwühlte Bett, Pogatetz' akkurat zusammengelegte Kleider auf dem beigefarbenen Teppichboden, daneben eine bodentiefe Vase mit einer großen, roten Blume darin. Über dem Bett hing die Kaufhauskopie eines Gemäldes von Wassily Kandinsky, daneben befanden sich ein kleiner Schreibtisch mit Telefon und Lampe. Nichts, was man nicht auch in jedem anderen x-beliebigen Hotel finden konnte. Der Kommissar legte die Lupe beiseite und rieb sich die schmerzenden Augen.

»Wie war das damals noch mal?«

Seeberg vergrub sein Gesicht in beiden Händen und versuchte sich zu erinnern. Die Bilder bauten sich zunächst nur langsam vor ihm auf, doch dann gewannen sie immer mehr an Kontur. Es war heiß gewesen, sehr heiß. Er erinnerte sich daran, dass die Luft flirrend heiß über dem Asphalt schimmerte, als er seinen Wagen direkt vor dem Eingang des Hotels parkte. Vor dem Hotel übergab sich ein junger Kollege, der neu im Dezernat war. Der Name fiel ihm nicht mehr ein, aber er erinnerte sich, dass dieser Kollege meinte, er habe noch nie so einen Gestank erlebt. Dann führte er Seeberg hinauf in den zweiten Stock und in das letzte Zimmer auf dem Gang, in dem die stickige Luft fast zum Schneiden war. Als er den Raum betrat, flog ein Schwarm Fliegen von dem

Leichnam auf. Es stank entsetzlich nach verwestem Fleisch, und er musste sich wie schon viele Male zuvor ein Taschentuch schützend vor den Mund halten. Ein Rechtsmediziner erklärte ihm, dass Pogatetz trotz der Betäubungsspritze sein Martyrium bei vollem Bewusstsein erlitten habe. Die starr aufgerissenen Augen des Toten zeugten von Entsetzen und Schrecken. Der Rechtsmediziner erklärte weiter, dass einige Blutgefäße in den Augen geplatzt waren, was zunächst auf Erdrosseln hindeutete, wohl aber auf eine anale Penetration und mangelnde Luftzufuhr zurückzuführen war. Wahrscheinlich hatte der Täter sein Opfer so geknebelt, dass es kaum Luft bekommen hatte. Gerade so viel, dass es noch bei Bewusstsein blieb. Seeberg erinnerte sich auch noch ganz genau an die letzten Worte des Mediziners: Der letzte Stich ins Herz muss für den armen Teufel wie eine Erlösung gewesen sein. Der Kerl hat jedenfalls zuvor gelitten wie ein Hund.

Wie Laura.

Der Gedanke kam ohne Vorwarnung. Plötzlich war Seeberg in seiner Vorstellung wieder im Leichenschauhaus. Erst dort hatte er seine Tochter sehen können. Man hatte ihm zuvor verboten, an Lauras Fundort aufzutauchen, und ihm den genauen Ort verschwiegen. Kohler hatte ihn telefonisch verständigt und in einem Vieraugengespräch versucht, den Tathergang zu erläutern. Dass Laura eigentlich nicht in das Muster des Serientäters gepasst habe und wohl durch reinen Zufall in seine Fänge geraten sei; er habe ihr auf dem Nachhauseweg aufgelauert, als sie durch die Unterführung den Weg zur Bushaltestelle abkürzen wollte. Drei Tage nach ihrem Verschwinden war ihre Leiche in einem Waldstück gefunden worden. Unbekleidet. Nur ihren grünen Lieblingsschal fand man einige Meter weiter, mit dem sie erdrosselt worden war. Der Täter hatte sie einfach abgelegt. Wie einen abgetragenen alten Schuh. Dabei war sie doch erst dreizehn Jahre alt gewesen.

Der Kommissar griff in seine Jackeninnentasche und ertastete den weichen Schal, den er seither immer bei sich trug. Ihn zu fühlen beruhigte ihn sofort; er musste unwillkürlich lächeln, als er daran dachte, wie sie einige Tage vor ihrem Verschwinden mit ihrem ersten Knutschfleck am Hals von der Schule nach Hause gekommen war. Laura hatte noch versucht, ihn vor seinen Augen zu verstecken, doch der grüne Kaschmirschal mitten im Hochsommer war zu auffällig gewesen. Er hatte mit ihr geschimpft und sie gewarnt, sie solle sich vor den Jungs in ihrer Klasse in Acht nehmen. Heute hasste er sich dafür, sie zurechtgewiesen zu haben, und wünschte sich, dass sie jeden Tag mit einem neuen Knutschfleck von der Schule nach Hause kommen würde.

7.

»Nehmen Sie Platz.«

Bornemann deutete hinter einem Berg voller Akten auf einen freien Stuhl. Ins Büro des Vizepräsidenten war Kohler schon unzählige Male zuvor zitiert worden. Meist um fehlgeschlagene Einsätze und Operationen zu erklären und gegebenenfalls zu entschuldigen. Das Verhältnis zwischen den beiden Männern war weder herzlich noch unterkühlt, sondern vielmehr professionell. Sie respektierten sich. Anders als Seeberg war Kohler ein kühlerer und vorausschauender Taktiker, der in den richtigen Momenten clever agierte und so Wogen zu glätten vermochte. Das war wohl auch einer der Gründe gewesen, warum Kohler und nicht Seeberg der Posten des Leiters des Morddezernats angeboten worden war. Beide galten als hervorragende Beamte, doch Kohler war toleranter und wusste sich zurückzunehmen, wohingegen Seeberg immer wieder mit Vorgesetzten aneinandergeriet. Die Beförderung hatte dem freundschaftlichen Verhältnis der beiden jedoch keinen Abbruch getan. Zudem war Kohler zehn Jahre älter als Seeberg und hatte so eine Art Altersvorrecht. Fast zeitgleich zur Beförderung war Laura zur Welt gekommen, und Seeberg meinte, dadurch mehr als entschädigt worden zu sein. Dass er mit einundvierzig Jahren noch Vater geworden war, hätte er, der einsame Wolf, sich nicht mehr träumen lassen. Wohingegen das Ende der Ehe mit Helena nicht allzu überraschend gewesen war. Sie waren sich beinahe in allem unähnlich gewesen, was man sich nur vorstellen konnte. Schon als sie sich kennenlernten, sprach mehr gegen als für eine Beziehung. Er war Ende dreißig und langjähriger Bulle, sie war zehn Jahre jünger und eine aufstrebende Jungdesignerin mit Träumen von New York und Mailand. Die unerwartete Schwangerschaft vermochte ihre Beziehung nur kurz zu verbessern. Doch für ihre gemeinsame Tochter Laura rissen sie sich immer wieder zusammen und lebten eine zwar konfuse, aber für sich funktionierende Lebensgemeinschaft. Bis zu dem schrecklichen Tag. Helena war kurz nach Lauras Tod mit einem noch älteren Mann, als es Seeberg war, in die USA geflohen. Er hatte angeblich gute Kontakte und mehr Geld, um ihre Karriere zu unterstützen. Seeberg blieb zurück und hatte seitdem nie wieder etwas von ihr gehört.

»Darf ich fragen, warum Sie mich haben rufen lassen?«

Der Vizepräsident nahm seine Lesebrille ab, lehnte sich in seinem Schreibtischstuhl zurück und begann auf dem Ende eines Brillenbügels herumzukauen. Schließlich seufzte er und legte die Brille vor sich auf den Tisch. »Wie macht er sich?«

»Wer?«

Der Vizepräsident lehnte sich vor.

»Nun fragen Sie nicht so scheinheilig. Sie wissen genau, von wem ich spreche.«

»Sie meinen Seeberg? Nun, er ist gerade erst wieder in den Dienst eingetreten. Ich kann da nicht viel zu sagen. Wir müssen ihm einfach etwas Zeit geben. Aber so wie ich ihn kenne, wird er sich schon wieder reinbeißen.«

»Reinbeißen?«, wiederholte Bornemann. Es klang sarkastisch.

»Ja, reinbeißen. Er ist ein Kämpfer, aber ich weiß nicht, wie stark er bereits wieder ist. Wir müssen Geduld haben.«

»Herr Kohler, ich bin nicht in der Position, Geduld aufbringen zu können. Wir brauchen Ergebnisse.«

»Wenn einer den Täter aufspürt, dann ist es Klaus.«

»Ich möchte über jeden Schritt der Ermittlungen in Kenntnis gesetzt werden. Und das ist keine Bitte, Kohler, sondern eine Anordnung. Haben Sie das verstanden?«

Die Deutlichkeit in Bornemanns Stimme ließ keinen Zweifel daran, dass es dem Vizepräsidenten sehr ernst war. Unwillkürlich versuchte Kohler den Blicken seines Vorgesetzten auszuweichen.

»Wie Sie sicherlich wissen, ist Klaus Seeberg nicht

nur ein Kollege von mir, er ist ein Freund. Das müssen Sie verstehen.«

»Genau deswegen verlange ich Ihre Unterstützung.« Die flache Hand des Vizepräsidenten knallte auf die Tischplatte. »Dieser Mann ist ein psychisches Wrack. Schauen Sie ihn doch nur mal an. Unrasiert, ungepflegt ... Wir stehen wegen des Mordfalls im Fokus der Öffentlichkeit. Da können wir es uns nicht erlauben, dass Seeberg mitten in den Ermittlungen irgendwann die Sicherungen durchknallen, weil ihn irgendwas an seine Tochter und deren tragisches ...« Bornemann führte den Satz nicht zu Ende, sondern blies seine Wangen auf und ließ die Luft langsam wieder entweichen. »Na ja, Sie wissen, was ich meine.«

Kohler nickte. Er wusste, dass dieses Risiko in der Tat bestand. Niemand wusste, wie und ob Seeberg sich wieder eingliedern konnte.

»Sie sind einer der Kollegen, die ihn am längsten kennen und denen er vertraut. Wenn Sie also etwas Gutes für ihn tun wollen, dann halten Sie mich auf dem Laufenden.«

Kohler zögerte. Dann nahm er den nötigen Mut zusammen, um zu sagen, was er schon lange sagen wollte.

»Ich möchte ehrlich zu Ihnen sein, Bornemann. Klaus ist ein hervorragender Beamter. Wahrscheinlich der beste, den wir haben. Dass er damals nicht den Posten bekommen hat, sondern ich, kann ich bis heute nicht nachvollziehen. Und etwas hinter seinem Rücken zu machen geht mir gewaltig gegen den Strich.«

Der Vizepräsident musste schmunzeln.

»Großer Gott, Sie müssen auch nicht alles nachvollziehen können, was wir entscheiden. Und dass es Ihnen gegen den Strich geht, mir Auskunft über seinen Zustand zu geben, werden Sie wohl verkraften, Kohler. Und seien Sie sich sicher, wenn es nicht funktionieren sollte mit ihm und wir uns vor der Öffentlichkeit und Presse lächerlich machen sollten, scheue ich mich auch nicht davor, weitgreifendere Konsequenzen zu ziehen. Sie sind schließlich der verantwortliche Beamte. Sie verstehen, was ich damit ausdrücken möchte?«

»Selbstverständlich.«

»Schließen Sie bitte die Tür hinter sich, wenn Sie gehen. Einen schönen Tag noch.«

Bornemann setzte seine Brille wieder auf und vergrub sein Gesicht in den Akten. Als Kohler zur Tür ging, bemerkte er, dass sein Hemdrücken schweißnass war.

8.

Im Fernsehen lief als Spätfilm eine Wiederholung des Blockbusters *Basic Instinct* mit Michael Douglas und Sharon Stone in den Hauptrollen. Seeberg saß auf seinem Stuhl und glaubte sich daran zu erinnern, den Film einmal mit Helena gesehen zu haben. Einer der wenigen glücklichen Momente ihrer Ehe und gefühlte Lichtjahre entfernt. Er stand auf, ging zum Kühlschrank hinüber und nahm sich eine Flasche Bier heraus. Ein Sixpack war neben einigen anderen Flaschen Alkohol der einzige Inhalt. Er hebelte den Kronkorken mit einer zweiten Flasche auf und spülte einige Tabletten aus seiner Hand mit dem Alkohol herunter. Er wusste nicht einmal mehr, welche der kleinen, weißen Dinger gegen was gut waren. Es war eine selbst zusammengestellte Mixtur aus Antidepressiva, Schlafmittel und einem leichten Narkotikum. Seeberg trank einen weiteren Schluck und nahm wieder die Position auf dem Stuhl im ansonsten abgedunkelten Wohnzimmer ein. Seit er zu Hause angekommen war, zermarterte er sich den Kopf über die Fälle Pogatetz und Karstensen. Dass der junge Hesse als Mörder in beiden Fällen in Frage kam, war mittlerweile nahezu ausgeschlossen. Wahrscheinlich würde schon morgen die Bestätigung eintrudeln, dass dieser sich damals tatsächlich in den Vereinigten Staaten aufgehalten hatte. So etwas dachte man sich nicht aus. Schon gar nicht als Junkie mit Entzugserscheinungen. Und auch seine Erklärung zu den Fingerabdrücken auf Karstensens Kleidung schienen schlüssig.

Seeberg war davon überzeugt, dass es eine Verbindung zwischen den beiden Männern geben musste. Das sagte ihm sein Gefühl, und das hatte ihn in solchen Angelegenheiten noch nie getrogen. Oder hatten die Medikamente ihm sein Ermittlungsgeschick und seinen Instinkt geraubt, um den ihn so viele seiner Kollegen beneideten?

»Nein«, sprach er zu sich selbst und nahm wieder einen Schluck aus der Flasche. Eigentlich war er sogar von sich selbst überrascht, dass er so gut funktionierte, wie er es tat. Und die Ermittlungen brachten ihm zumindest eines, was er in letzter Zeit nicht mehr für möglich gehalten hatte: Zerstreuung.

In manchen Momenten fühlte er sich schuldig dafür, dass er nicht, wie es ihm in den letzten Wochen zur Gewohnheit geworden war, jede Sekunde an Laura dachte. Seeberg setzte das Bier an und trank die Flasche aus. Auch die nächsten beiden Flaschen trank er in immer schnellerer Folge aus. Dann wartete er – auf die Wirkung des Alkohols, die Wirkung der Medikamente.

Auf das Ende der Nacht.

Sharon Stone schlug ihre Beine übereinander und gab so für einen Moment die Sicht auf ihre Schenkel preis. Den ausnahmslos männlichen Ermittlern, die vor ihr saßen, stockte der Atem. Trug sie etwa keinen Slip unter ihrem champagnerfarbenen Mini? Sie schien die Situation zu amüsieren und die Verunsicherung der Herren gar auszukosten. Dann zog sie genüsslich an ihrer Zigarette und blies lasziv eine Rauchsäule aus ihrem Mund.

Michelle Karstensen hatte diese Szene schon immer gefallen. Sie mochte die Kontrolle, die Sharon Stone in ihrer Rolle in diesem Moment über die Polizisten hatte. Und das, obwohl eigentlich sie diejenige sein sollte, die in dieser Verhörsituation nervös war. Die junge Witwe kicherte und trank genüsslich einen Schluck Rotwein, als es an der Tür klingelte. Sie zuckte zusammen. Sofort schnürte es ihr den Hals zu, und eine seltsame Angst nahm von ihr Besitz. Doch dann wurde ihr klar, dass Ferdi nie wieder betrunken nach Hause kommen und über sie herfallen würde. Aber wer sollte zu dieser späten Stunde an ihrer Tür klingeln? Die wenigen Freunde, die ihr geblieben waren, hätten sich sicherlich vorher telefonisch angemeldet. Ein Blick auf die Uhr zeigte ihr, dass es bereits kurz nach halb zwölf war. Sie drehte den Ton des Fernsehers leise und ging zum Monitor, der das Kamerabild wiedergab. Doch konnte sie darauf niemanden erkennen. Jemand hielt wohl etwas vor die Linse. Sie ging durch den langen Flur in Richtung der Haustür.

»Nun sei nicht so ein Angsthase«, trieb sie sich bei jedem Schritt selber an. »Wenn du wieder ein normales Leben führen willst, musst du jetzt damit anfangen und darfst dich nicht wie ein kleines Kind vor einer Türklingel verstecken.«

Erneut läutete es. Sie zögerte, dann öffnete sie die Tür einen Spaltbreit, so dass sie ihren nächtlichen Gast erkennen konnte. Als sie begriff, wer vor ihr stand, musste sie unweigerlich lächeln. Ihre Anspannung fiel schlagartig von ihr ab.

»Warum überrascht mich das nicht?«

Nun öffnete sie die Tür ganz und ließ ihren Gast ein. Kaum dass sie voreinander standen, lächelten sie einander lasziv an. Michelle Karstensen musste wieder an Sharon Stone denken, sie zog ihren Gast mit einem kräftigen Ruck am Revers zu sich und versuchte dabei, so verrucht wie der große Hollywoodstar zu wirken. Sie küssten sich leidenschaftlich. Dann schob der Gast sie zurück, und sie sahen sich tief in die Augen. Beide schwiegen, immer noch lächelnd. Dann trat der Gast wieder einen Schritt näher und begann erneut, mit der Zungenspitze über die Lippen von Michelle Karstensen zu wandern. Sie begann vor Lust zu zittern und erwiderte den Kuss.

Noch auf der Treppe zum Schlafzimmer begannen die beiden damit, sich gegenseitig ihrer Kleidung zu entledigen, die sie achtlos hinter sich fallen ließen.

Einen Moment darauf fand sich Michelle Karstensen splitternackt auf dem Stuhl neben dem Bett sitzend wieder. Doch ihr Gast drehte sich um und stürmte wieder hinaus. Die junge Frau wunderte sich.

»Was machst du da?«

Eben noch bebend vor Lust, war ihr nächtlicher Gast zurückgeeilt und hatte die Kleidungsstücke wieder aufgesammelt, um sie nun fein säuberlich auf dem Teppich vor dem Bett zusammenzulegen.

»Tut mir leid. Ist so eine Art Tick von mir. Ich kann einfach nicht anders, es ist wie ein Zwang …«

»Das macht einem ja Angst«, unterbrach Michelle Karstensen.

Der Gast lächelte und legte sich erwartungsvoll auf das Bettlaken.

»Ja, ich weiß.«

Die junge Witwe erhob sich langsam von ihrem Stuhl und ging die wenigen Schritte zum Bett. Mit einem Bein auf der Bettkante sah sie auf den nackten Körper, der sich voller Erwartung auf dem Bettlaken räkelte.

»Ich wusste es. Ich wusste, dass du mich wiedersehen musstest.«

»Dann wusstest du mehr als ich.«

Im nächsten Moment glitt die schöne Frau zu ihrem Gast auf das breite Bett.

Michelle Karstensen schöpfte keinen Verdacht, dass die Kleidung so akkurat gefaltet vor dem Bett abgelegt worden war. Und auch die beiden Gegenstände, die zuoberst auf den Textilien blitzten, ließen sie nicht misstrauisch werden. Warum auch? Sie vermittelten vielmehr das trügerische Gefühl von Sicherheit: Dienstmarke und Dienstwaffe.

9.

Klaus Seeberg fühlte sich hundeelend. Als er mitten in der Nacht vor dem laufenden Fernseher aufgewacht war, tat ihm der Nacken weh. Den Kopf auf die Brust gesackt, vernahm er zunächst nur ein Stimmengewirr um sich herum. Es dauerte einige Momente, bis er erkannte, dass im Fernsehen die Nachrichten liefen. Unter stechenden Schmerzen bewegte er seinen Kopf zurück und versuchte, seinen verspannten Nacken vorsichtig zu dehnen. Fluchend stand er auf und ging ins Bad. Er würde sich eine heiße Dusche gönnen. Das sollte fürs Erste helfen.

Seeberg stellte die Duscharmatur auf eine ihm

angenehme Temperatur. Dann stieg er hinein und stöhnte auf, als das heiße Wasser wohltuend auf seinen Körper prasselte. Minutenlang bewegte er sich nicht, sondern ließ sich stumm berieseln. Dann zog er sich an und verließ seine Wohnung in der Leipziger Straße, ließ sein Auto an und fuhr in einen weiteren dunklen und kalten Morgen.

Die Tankanzeige blinkte. Missmutig steuerte Seeberg seinen Wagen zu einer unweit gelegenen Tankstelle an der Ochsenwiese. Er schlug den Mantelkragen hoch, als er das Fahrzeug verließ und ihm die Kälte in die Kleider fuhr.

»Seeberg! Hallo!« Der Kommissar drehte sich überrascht herum. Ein Wagen hatte neben ihm mit laufendem Motor gehalten, und ein Mann lehnte sich zum Fenster heraus. »Mensch, Seeberg, stimmt es, dass Sie wieder zurück sind? Das ist ja ein Ding.«

»Was wollen Sie, Eckstein? Eine weitere reißerische Geschichte für ihr Schmierblatt?«

»Ja, das wäre nicht schlecht.« Der Mann lachte auf und begann dann zu husten. Es klang wie das Rasseln eines Kinderspielzeugs. »In letzter Zeit war ziemlich wenig los. Ich könnte eine gute Geschichte gebrauchen.«

»Tut mir leid, bei mir ist da nichts zu holen.«

»Oh, da habe ich aber anderes gehört. Wie mir ein Vöglein zwitscherte, sind sie nämlich wieder an Bord und bearbeiten den mysteriösen Tod von Ferdinand Karstensen.«

Seeberg steckte kommentarlos die Zapfpistole zurück. Er hatte keine Ahnung, was der Reporter bereits alles wusste. Die Information, dass es sich bei dem Toten um Ferdinand Karstensen handelte, war zumindest schon mal durchgedrungen. Es war nur eine Frage der Zeit, wann Eckstein herausfinden würde, dass es sich bei dem Opfer um einen ehemaligen Beamten des Bundeskriminalamts handelte. Dann waren den Spekulationen des Reporters Tür und Tor geöffnet.

»Sie sagen nichts dazu? Es ist also was dran. Sie sind wieder dabei. Alles klar, Herr Kommissar. Ich verstehe schon.«

Eckstein war ein nerviger Reporter, der allerdings über erstaunliche Verbindungen verfügte. Er war kein schlechter Kerl, aber wenn er eine gute Story witterte, ging er im wahrsten Sinne des Wortes über Leichen. Seeberg ließ Eckstein in der Morgenkälte zurück und lief in die Tankstelle hinein. Er bezahlte betont langsam und bestellte sich noch einen heißen, schwarzen Kaffee to go, bevor er sich wieder zu seinem Auto hinausbegab. Als er in seinen Wagen stieg, sah er in den Rückspiegel. Von Eckstein war nichts mehr zu sehen. Doch das musste nichts bedeuten. Wahrscheinlich würde er die nächsten Tage wie eine

Klette an seinem Auto hängen und ihn verfolgen, in der Hoffnung, immer einen Schritt schneller zu sein als seine Kollegen.

Der Kommissar schüttelte den Kopf und fuhr zügig weiter über den Zieherser Weg in Richtung des Zentralfriedhofs. Ein Weg, den er mittlerweile mit geschlossenen Augen fahren konnte.

10.

Er stellte den Wagen an der Künzeller Straße ab und sah sich um. So früh am Tag war niemand außer ihm zugegen. Er konnte unbeobachtet mit dem Kaffeebecher in der Hand den bekannten Weg zu Lauras Grab hinaufgehen. Ab und an nippte er an dem heißen Kaffee. Das Koffein schoss ihm wie ein elektrischer Stromschlag durch den Körper. Als Seeberg am Grab seiner Tochter angekommen war, hatte er den Becher zur Hälfte geleert und stellte ihn auf einer Ecke der Grabplatte ab, die mit leichtem Frost überzogen war. Er kniete sich tiefer und wischte die kleine Eisschicht mit der nackten Hand weg.

»He, Kleine. Scheißkalter Tag heute wieder, was?«

Das Grab war schlicht und nicht so prächtig geschmückt wie die meisten anderen Gräber in diesem Teil des Friedhofs. Seeberg war davon überzeugt, dass es Laura nicht gefallen hätte, wenn so viel Aufsehen um sie gemacht wurde. Sie war eher schüchtern gewesen und nie darauf bedacht, im Mittelpunkt zu stehen. Lediglich eine kleine Kerze brannte auf der rotmarmorierten Platte. Anfangs hatte er sie noch ständig ausgetauscht, nun flackerte das Lichtlein mittels einer Batterie. Auf dem Grab daneben hatten die Angehörigen wohl am Vortag trotz der empfindlichen Temperaturen frische Blumen auf die aus weißem Marmor gefertigte Grabplatte abgestellt. Ein Strauß bunter Blumen in aufwendigem Arrangement. Seeberg überlegte sich, wer nach seinem Grab sehen würde. Ihm fiel niemand ein.

»Wie du siehst, habe ich es doch nicht getan. Noch nicht. Aber bald komme ich zu dir. Ich muss nur noch was erledigen. Weißt schon, ohne mich bekommen die im Präsidium nichts gebacken.« Seeberg schluckte schwer. »Aber dann ... dann komme ich zu dir. Versprochen.«

Ein verstohlenes Lächeln huschte um seine Mundwinkel. In den vergangenen Wochen und Monaten war es ein Ritual geworden, Laura zu besuchen. Anfangs sogar mehrmals täglich. Dann saß er einfach nur da und redete mit ihr. Oder er schwieg mit ihr. So hatte er für ein paar Minuten noch immer die Illusion eines gemeinsamen Alltags.

Seeberg sah sich um. Irgendetwas störte ihn. Zunächst dachte er, dass er sich etwas einredete oder die Medikamente ihm übel mitspielten. Doch es ließ ihn nicht los. Stimmte etwas nicht mit Lauras Grab? Er überprüfte es, lief sogar einmal darum herum. Nein. Das war es nicht. Alles war wie immer. Es hatte nichts mit Laura oder dem Friedhof zu tun. Ihm kam der Gedanke, dass es vielmehr etwas mit Pogatetz und Karstensen zu tun haben könnte. Sein Unterbewusstsein meldete so etwas wie einen Treffer. Aber was war es? Er ging alles noch einmal durch. Vom Tanken über Ecksteins Fragen bis zur Fahrt zum Friedhof. Er hatte den Wagen am Parkstreifen an der Straße abgestellt und war zu Fuß bis zum Grab gelaufen. Seine Augen überflogen den Weg, den er gekommen war.

Parkplatz.

Weg.

Bäume.

Mülleimer.

Dann wanderten seine Augen weiter zu Lauras Grab.

Kaffeebecher.

Frost.

Kerze.

Er musterte die nähere Umgebung. Auch hier schien alles so zu sein, wie es sein sollte.

Rasen.

Andere Gräber.

Kreuze.

Blumen.

Stopp.

Treffer!

Konnte das wirklich sein? Er musterte das Nachbargrab, ging die wenigen Schritte hinüber und fühlte die Blumen des bunten Straußes. Er musste unweigerlich schlucken.

»Ja doch, ja. Das könnte vielleicht wirklich passen.«

Er hatte etwas übersehen. Vielmehr war es die ganze Zeit zu sehen gewesen, doch genau das war es, was es wiederum für alle so unsichtbar machte. Wenn ihn nicht alles täuschte, gab es tatsächlich eine Parallele zu den beiden Fällen.

»Danke, Laura.«

Seeberg lief den Weg wieder hinunter zu seinem Wagen. Sein Kaffeebecher qualmte noch auf der Grabplatte, als die roten Rücklichter des Autos aufleuchteten und er zum Präsidium in die Severingstraße raste.

11.

Seeberg stürmte in das Büro, ohne die Anwesenden zu grüßen. Wortlos warf er sein Sakko über den Stuhl und suchte die Akte Pogatetz, die er gestern durchgesehen und danach auf Kohlers Schreibtisch liegengelassen hatte. Doch sie war nicht mehr da. Hastig scannte er alles mit kritischem Blick. Doch er fand sie nicht.

»Wo ist sie?«

»Wo ist wer?«, fragte Julia Freitag erstaunt. Ebenso wie Ammer hatte sie nur stumm dem Treiben des Kommissars zugeschaut. »Wenn Sie uns sagen würden, nach was Sie eigentlich suchen, könnten wir Ihnen eventuell behilflich sein.«

»Pogatetz«, antwortete er einsilbig.

»Sie suchen Pogatetz? Da kommen Sie aber ein wenig spät, Herr Kommissar.«

»Witzig, Freitag, sehr witzig. Ich suche seine Akte. Ich hatte sie gestern genau hier hingelegt.«

Freitag schmunzelte, während Ammer ängstlich auf einen Stoß Akten deutete, der sich auf seinem Schreibtisch türmte.

»Ich habe sie nur wieder zu den anderen gelegt. Wissen Sie, mit ein wenig Grundordnung finden wir drei leichter die gewünschten ...«

»Idiot«, fuhr Seeberg den jungen Kollegen an, »nichts von meinem Schreibtisch räumen. Nicht mal ein Butterbrotpapier, verstanden?«

Doch Ammer kam gar nicht mehr dazu zu antworten. Der Kommissar schüttete den Inhalt der Akte auf seinem Schreibtisch aus und wühlte in den Fotos. Die ersten vier Bilder zeigten nicht den gewünschten

Ausschnitt. Aber dann fand er, wonach er gesucht hatte.

»Hier, hier ist es.«

Die beiden Kollegen kamen zu ihm herüber und schauten abwechselnd den Kommissar und die Fotos an.

»Was ist da?«

Schnell kramte Seeberg die Lupe hervor und sah sich das Foto genauer an. Er leckte sich vor Aufregung mit der Zunge über die trockenen Lippen. Den beiden Kollegen war die Aufregung immer noch unverständlich. Ammer fürchtete, einen weiteren Fehler zu begehen. Darum sprach Freitag aus, was beide dachten.

»Sagen Sie uns jetzt freiwillig, was Sie gefunden haben? Oder müssen wir raten?«

»Moment noch. Geben Sie mir bitte die Tatortfotos vom Mord im Gewächshaus. Ich muss etwas vergleichen.«

Die Beamtin zog die gewünschte Akte aus dem Stapel und reichte sie Seeberg. Ebenso hastig wurde auch hier nach einem gewünschten Foto gesucht. Dann legte er seine Auswahl nebeneinander und flog immer wieder mit der Lupe von links nach rechts über die beiden Motive. Erst dann richtete er sich auf.

»Hier«, er hielt seiner Kollegin die Lupe entgegen, »sehen Sie selbst.«

Freitag sah sich die Fotos an, schüttelte aber mit dem Kopf. »Ich sehe nichts, was wir nicht schon kennen. Du vielleicht, Christoph?«

Die Lupe wechselte zu Ammer, der sich sogleich bemühte, Seebergs Entdeckung ausfindig zu machen. Ein Pluspunkt würde ihm gut zu Gesicht stehen.

»Schauen Sie sich das Foto von Pogatetz' Zimmer ganz genau an. Und dann dieses hier«, deutete der Kommissar auf den Fundort Karstensens. Auf diesem Bild war die Leiche kaum noch zu sehen. Vielmehr hatte die Spurensicherung die nähere Umgebung darauf festgehalten. »Genau hier.«

»Die Pflanze?«, fragte Ammer.

»Exakt.«

»Aber davon stehen wahrscheinlich Dutzende in diesem Gewächshaus herum.«

»Mag sein«, fuhr der Kommissar fort, »aber entscheidend ist die Tatsache, dass sich die gleiche Blume auch im Hotelzimmer von Pogatetz befand. Es ist die exakt gleiche rote Blume wie die im Gewächshaus. Sehen Sie?«

Ammer beugte sich über die Fotos. Sein Blick glitt von einem Foto zum anderen. Tatsächlich! Auf beiden war eine rote Pflanze zu sehen, die ihren mächtigen Blütenkopf wie ein Grammophon der Kamera entgegenstreckte.

»Sie haben recht. Das ist die gleiche Blume. Sie sieht zumindest genauso aus. Könnte aber auch nur ein Zufall sein, und die Blume ist eben sehr beliebt und gebräuchlich.«

»Das finden wir heraus. Wir sind damals immer davon ausgegangen, dass diese Blume schon in dem Hotelzimmer war, bevor Pogatetz seinen Mörder traf und sie zum Inventar gehörte.«

»Sie denken aber, dass der Mörder sie mitgebracht hat?«

Seeberg nickte.

Auch Freitag besah sich die Fotos noch einmal. »Vielleicht hat der Mörder sie tatsächlich absichtlich hinterlassen. Aber es gibt ein Problem.«

»Welches, Freitag?«

»Die Pflanze im Hotel steht in einer Vase und könnte somit vom Täter hinterlassen worden sein. Aber die im Gewächshaus steckt in der Erde. Der Mörder müsste sie dort eingepflanzt haben.«

Seeberg biss sich auf seine Lippen. Das war ein berechtigter Einwand. Dennoch war er sicher, dass es kein Zufall sein konnte und sie auf der richtigen Spur waren.

»Überprüfen Sie das zusammen mit Ammer. Und finden Sie auch alle weiteren Infos zu der Blume heraus. Ich möchte alles über diese Pflanze wissen. Ich möchte wissen, wo sie herkommt, ob sie als

Zierpflanze in Hotels genutzt wird und ob sie dort im Gewächshaus angepflanzt wurde und wann genau.«

»Okay.« Ammer nickte.

»Und fragen Sie auch im Rhön Park Hotel nach, ob man je eine solche Pflanze als Zimmerschmuck genutzt hat.«

»Wird erledigt.«

Seeberg ließ sich auf seinen Schreibtischstuhl nieder und atmete tief durch, als seine Kollegen die Tür hinter sich schlossen. Sie hatten endlich eine Spur, die sie zum Mörder führen könnte.

12.

»Ich bin es, Klaus.« Kohlers Stimme am Telefon klang gehetzt. »Ich komme gerade aus dem Büro des Staatsanwalts. Wir können Hesse nicht länger in Untersuchungshaft lassen. Sein Alibi ist wasserdicht. Als Pogatetz ermordet wurde, war er nicht im Lande. Und die Indizien für den aktuellen Fall sind auch zu dünn. Die haut uns jeder Strafverteidiger zum Frühstück um die Ohren.«

»Dachte ich mir schon, Reinhard. Dann lass ihn unter Auflagen laufen. Er soll sich aber jeden Tag melden und die Stadt nicht verlassen.«

»Ich denke, das wird er sowieso nicht tun. Aber ich veranlasse alles Nötige.«

»Danke.«

»Kein Problem. Und noch was.« Kohler räusperte sich. »Ich musste zum Rapport bei Bornemann antreten. Du musst aufpassen, was du machst. Ich wollte nur, dass du das weißt.«

»Dachte ich mir schon. Aber danke, dass du mich informiert hast.«

»Danke mir lieber nicht zu früh. Ich habe keine Lust, noch kurz vor meiner Pension rauszufliegen. Wir machen alles schön nach Vorschrift. Und deswegen habe ich für dich einen Termin bei der Hellmich ausgemacht.«

»Ach, komm schon. Das ist nicht dein Ernst.«

»Du wirst mit ihr ein Gespräch führen. Und sie wird darüber eine Beurteilung schreiben, ob du wieder voll dienstfähig bist.«

»Was soll das, Reinhard? Warum schickst du mich zur Psychologin?«

»Weil es Vorschrift ist. Und außerdem sichern wir uns damit ab.«

»Scheiße machen wir.« Seeberg schlug wütend auf die Tischplatte. Er hielt nichts von solchen Beurteilungen. Vielleicht hatte er aber auch nur Bedenken, dass die Psychologin etwas herausfinden könnte, was er nicht wahrhaben wollte. »Das spielt Bornemann doch nur in die Karten. Wenn sie mich für bekloppt halten, schmeißt er mich raus, und wenn nicht, wird er mich als Schutzschild vor sich halten und mich für alles verantwortlich machen, was diesen Fall betrifft. Das hast du selbst gesagt.«

»Dann müssen wir diesen Fall eben lösen. Ganz einfach.«

»Ja, ganz einfach. Vielen Dank auch.«

Seeberg legte den Hörer auf. Er wusste, dass Kohler nichts anderes übrigblieb. Dennoch war er wütend und griff in seine Manteltasche. Schnell drehte er eines der Plastikdöschen auf und nahm eine Handvoll Tabletten. Dann griff er erneut zum Hörer und wählte die Nummer von Ammer. Er hatte in all der Aufregung vergessen nachzufragen, wie der Besuch bei Karstensens Witwe verlaufen war.

»Ja?«, meldete sich Ammer. Der Kommissar konnte hören, dass der junge Kollege im Auto unterwegs war.

»Seeberg hier. Ich hatte ganz vergessen zu fragen, was die Befragung der Witwe des Toten ergeben hat? Wie hat sie auf den Tod ihres Mannes reagiert.«

»Sagen wir mal so: Ihre Trauerzeit hält sich in sehr überschaubaren Grenzen. Sie konnte ihren Mann nicht ausstehen. Er hat sie offenbar wie eine Leibeigene behandelt.«

»Wie stabil ist ihr Alibi?«

»Ich habe es gleich überprüft. Die Verkäufer in der Marktstraße bestätigen ihre Aussage, ›dass man für Kundinnen wie Frau Karstensen gerne die Öffnungszeiten großzügig ausdehnt‹. Außerdem habe ich bei ihrem Kreditkartenunternehmen nachgefasst. Sie hat zwischen 18:24 und 21:56 Uhr insgesamt 8374,36 Euro ausgegeben.«

»Dennoch hätte sie danach noch genug Zeit gehabt, um den Mord zu begehen.«

»Theoretisch ja. Ein Motiv hätte sie auch. Aber denken Sie wirklich, dass sie zunächst ganz entspannt shoppen geht und dann ihren Mann in einem Gewächshaus tötet?«

»Sie ist die Einzige, die wir momentan haben.«

»Was ist mit dem Junkie?«

»Wurde gerade aus der U-Haft entlassen. Sonst irgendwelche Informationen, die uns weiterhelfen könnten?«

»Ja. Frau Karstensen war so frei und hat uns die Namen der Freunde ihres Mannes aufgeschrieben. Der Zettel liegt auf meinem Schreibtisch.«

»Okay.«

»Und wir haben die Person ermittelt, mit der Karstensen am Abend seines Todes noch essen war. Ich habe ihn mit der Liste der Witwe verglichen. Und siehe da, der Name befindet sich tatsächlich auf der Liste, ich habe ihn mit einem Stern markiert.«

»Prima, Ammer. Sie entwickeln sich noch zu meinem Lieblingskollegen.«

Ammer wusste nicht, wie er diese Aussage bewerten sollte. Machte sich der Kommissar etwa lustig über ihn? Seeberg war zu Ammers Schreibtisch gegangen und suchte den Zettel.

»Hier ist kein Zettel.«

»Ein gelber Post-it, der auf der Akte vorne draufklebt.«

Jetzt sah Seeberg ihn. Er zog den Post-it von der Akte und hielt den Zettel so weit vor seine weitsichtigen Augen, dass er die Namen darauf entziffern konnte. Er überflog die kurze Liste auf dem Zettel. Er fand den Namen mit dem Kreuzchen dahinter und schluckte. Was hatte ausgerechnet J.-P. Pfeifer mit Karstensen zu tun? Wenn das tatsächlich der Mann war, den er vermutete, würde es die Brisanz des Falls noch steigern.

»Sind Sie noch da, Seeberg?«

»Ja, ich bin noch da. Aber ich muss nochmal los. Wir sehen uns dann später wieder hier im Präsidium.«

»Wohin gehen Sie?«

»Einen alten Freund besuchen. Zumindest glaubte ich früher einmal, dass er ein Freund sei. Jetzt ist er nur noch ein ehemaliger Kollege.«

13.

»Klaus? Das ist aber eine Überraschung. Was führt dich zu uns?«

Der Kommissar nickte mit düsterer Miene. »Darf ich hereinkommen?«

»Ja, natürlich.«

Jan-Philip Pfeifer ging den Flur voran ins Wohnzimmer der großzügigen Eigentumswohnung. Teure Gemälde und Antiquitäten säumten links und rechts den Weg des Kommissars. Seeberg musste mit seinen Emotionen kämpfen. Er hatte Pfeifer seit der Verhandlung nicht mehr gesprochen. Damals waren Pfeifer und er Partner in einer Spezialeinheit gewesen – bis gegen sie wegen Vorteilsnahme ein Disziplinarverfahren eingeleitet worden war. Sie hatten zusammen undercover im Rotlichtmilieu gearbeitet. Seeberg war erbost darüber, wie man seitens der Leitung überhaupt solche Anschuldigungen äußern konnte. Nie hatte sich das Ermittlerteam etwas zuschulden kommen lassen. Doch im Verlaufe der Verhandlung kamen Unregelmäßigkeiten ans Tageslicht, die nur den Schluss zugelassen hatten, dass vor Razzien im Drogenmilieu Informationen an Verdächtige weitergeleitet worden waren. Es brauchte nicht viel, um eins und eins zusammenzurechnen und zu erkennen, dass Pfeifer wohl mehr als einmal die Hand für diese Informationen aufgehalten hatte. Aufgrund von Formfehlern wurde das Verfahren jedoch eingestellt. Am nächsten Tag bat Seeberg um seine Versetzung und arbeitete seither für das Morddezernat. Von Pfeifer hatte er bis zum heutigen Tag kein Lebenszeichen mehr gehört. Er wusste nur, dass er im Anschluss zur Spurensicherung versetzt worden war und dort sogar als Ausbilder für Polizeianwärter arbeitete. Welch ein Hohn!

»Malee, sieh nur, wer gekommen ist.«

Aus der Küche kam Pfeifers Ehefrau Malee herüber. Seeberg wunderte es, dass er noch immer mit ihr zusammen war, oder besser gesagt, sie mit ihm. Er hätte darauf gewettet, dass sie ihn längst verlassen hatte. Sie war einige Jahre jünger und eine äußerst attraktive Frau. Sie war Asiatin, aber schon seit vielen Jahren in Deutschland und sprach fast akzentfrei, wobei der Kommissar sich auch gar nicht erinnern konnte, welcher Nationalität sie ursprünglich war. Filipina? Thai?

»Klaus, das gibt's doch nicht, wir haben uns ja Jahre …«

»Ja, ich weiß«, fiel ihr der Kommissar ins Wort. Er wollte keine alten Wunden aufreißen.

»Wir haben gehört, was mit deiner Tochter passiert ist. Das tut uns wirklich sehr leid.«

»Danke, Malee.«

Pfeifer deutete auf das Ledersofa, während er sich an einer kleinen Bar einen Whiskey eingoss. Seeberg zog es vor, stehen zu bleiben

»Die Kollegen haben den Täter erwischt, nicht wahr?«

»Ja, er sitzt ein.«

»Gut. Ich hoffe dieses Monster verreckt hinter Gittern.« Pfeifer nahm einen Schluck aus seinem Glas. Die Schärfe des Alkohols ließ ihn kurz die Mundwinkel verziehen. »Magst du auch einen?«

»Nein.« Der Kommissar winkte ab. »Es wird auch nicht allzu lange dauern. Ich habe nur ein paar Fragen an dich.«

»Vielleicht lieber einen Tee? Malee, mach Klaus doch bitte einen Tee.«

»Wirklich, das ist nicht notwendig«, antwortete Seeberg, doch Pfeifers Ehefrau war schon wieder in die Küche zurückgekehrt. Vielleicht, so schlussfolgerte Seeberg, wollte sein alter Partner auch nur, dass sie aus dem Zimmer verschwand. Vermutete Pfeifer etwa, dass er unangenehme Fragen gestellt bekam? Seeberg sah sich um. Auch das Wohnzimmer war von exquisitem Geschmack und mit wertvollerem Mobiliar eingerichtet, als es sich ein Polizist eigentlich leisten konnte.

»Dir scheint es gutzugehen.«

»Kann nicht klagen.«

»Ja, das sieht man.« Seeberg lachte etwas zu laut.

Pfeifer nahm einen weiteren Schluck und verzog erneut seine Mundwinkel. »Hör mal, Klaus, du hast mir damals nie die Chance gegeben, mich zu erklären.« Pfeifer betrachtete das Glas in seinen Händen. »Wenn du jetzt nach all den Jahren hierherkommst, nur um mich blöd anzumachen, kannst du gleich wieder gehen.«

Seeberg reagierte gereizt. »Es interessiert mich einen Scheißdreck, wie du dir diese Wohnung leisten kannst, Jan. Ich bin nicht deswegen hier, sondern um dir eine Frage zu stellen. Was hast du mit Ferdinand Karstensen zu tun?«

»Ferdi?«, wiederholte Pfeifer. »Wir kennen uns von Kunstauktionen. Ein paar Mal waren wir auch gemeinsam essen oder haben uns auf Partys getroffen.«

»Was für Partys?«

»Worauf willst du hinaus?«

»Dein Partyfreund ist tot. Wir haben ihn ermordet in einem Gewächshaus gefunden.«

Pfeifer zuckte vor Schreck zusammen. »Ferdi ist tot? Ermordet, sagst du? Aber das ist doch unmöglich.«

»Willst du mir jetzt wirklich erzählen, dass du noch nichts davon mitbekommen hast?«

»Nein. Malee und ich sind gerade erst von einem Besuch in München zurückgekommen.«

»Wann genau?«

»Heute Morgen.« Seebergs ehemaliger Kollege ließ sich auf das Sofa sinken.

»Wir wissen, dass du am Abend seiner Ermordung noch mit ihm essen warst.«

»Ja, das stimmt. Aber ich habe doch nichts mit seinem Tod zu tun.«

Pfeifer trank den Rest seines Whiskeys in einem Zug aus.

»Wo warst du vorgestern Abend zwischen zehn und elf Uhr abends? Also direkt nach eurem Essen?«

»Das ist doch nicht dein Ernst, Klaus. Was hätte ich denn für ein Motiv?«

»Sag du es mir. Ging es vielleicht um einen Streit um Kunstobjekte?«

»Du spinnst wohl. Ich bin direkt nach dem Essen nach Hause gefahren. Frag Malee, wir waren den ganzen restlichen Abend über zu Hause.«

»Bist du sicher?«

»Natürlich bin ich mir sicher.«

»Sind Karstensen und du nicht vielleicht doch noch irgendwo hingefahren, um ein wenig Spaß zu haben? Habt ihr dort vielleicht Ärger mit ein paar Nutten bekommen?«

»Jetzt reicht es, Klaus. Ich bitte dich, meine Wohnung zu verlassen. Wenn du irgendwas von mir willst, dann schick mir eine Vorladung.«

»Da kannst du Gift drauf nehmen, Jan. Wir sehen uns bald wieder.«

Seeberg stapfte an Pfeifer vorbei. Und auch an dessen Frau Malee, die gerade mit einem Tablett und dem Tee aus der Küchentür trat.

»Schönen Tag noch, Malee.«

Seeberg trat auf die Straße hinaus. Ein Graupelschauer ging gerade nieder, und ihm wurde schwindelig, als er die kühle Luft in seine Lungen sog. Sein Herz pochte wild, und er musste sich für einen Moment an die Hauswand anlehnen, um durchzuatmen.

»Steckt ihr ehemaliger Kollege Pfeifer etwa auch mit in dieser Sache? Oder haben sie noch eine alte Rechnung zu begleichen? Schuldet er ihnen noch ihren Anteil von damals?«

Der Kommissar schaute auf und erkannte Eckstein neben sich, der ganz entspannt einige Meter entfernt stand und eine Zigarette rauchte. Er war ihm anscheinend bis hierher gefolgt.

»Halten Sie den Mund! Sie haben ja keine Ahnung.«

Der Reporter ließ seine Zigarette zu Boden fallen und trat die Glut mit seiner Schuhspitze auf dem feuchten Teer aus.

»Dann lassen Sie mich Ahnung haben. Vielleicht kann ich Ihnen sogar helfen.«

»Das bezweifele ich.«

Sie schwiegen einen Moment.

»Seien Sie nicht so voreilig«, fuhr Eckstein fort. »Bornemann hat in einer Presseerklärung verlauten lassen, dass es sich um denselben Täter wie damals im Fall des toten Bundeswehroffiziers handeln könnte, stimmt das?«

Seeberg dachte sorgfältig nach, bevor er seine Antwort gab.

»Wenn das der Vizepräsident sagt, werde ich ihm nicht widersprechen. Er hat schließlich immer recht.«

Langsam ging der Kommissar in Richtung seines Autos zurück. Eckstein folgte ihm.

»Ich kann ihn nicht leiden, diesen Bornemann. Er grinst ständig so dämlich, als hätte er einen Clown gefrühstückt.«

Seeberg schmunzelte, ohne dass es der Reporter sehen konnte. Er fand die Beschreibung Bornemanns absolut treffend. Dann stieg er in seinen Wagen und ließ den Motor an.

»Tja, Eckstein. Er ist eben ein glücklicher Mann.«

14.

Als Seeberg zurück im Büro war und die Tür öffnete, erwartete ihn eine Überraschung. Nicht nur seine Kollegen waren anwesend, sondern auch Bornemann sowie ein weiterer Herr in einem feinen Anzug. Franz Pinnow war der leitende Oberstaatsanwalt. Obwohl dieser Mann damals bei der Festnahme von Lauras Mörder keine Milde hatte walten lassen, konnte Seeberg ihn nicht ausstehen. Er wirkte auf eine gewisse Art verschlagen, und hinter seinem aufgesetzten Lächeln lauerte eine Undurchschaubarkeit, die bedrohlich wirkte.

»Seeberg«, kam der Vizepräsident auf ihn zu. »Sie kennen Roland Pinnow ja sicherlich noch. Er würde gerne über den aktuellen Stand der Ermittlungen aufgeklärt werden.«

Die beiden Männer gaben sich die Hand und musterten sich. Der Kommissar war schon immer der Meinung gewesen, dass Alphatiere einander auf den ersten Blick erkannten. Und auch in diesem Fall war das so.

»Es ist schön, Sie wieder so gut bei Kräften zu sehen, Herr Seeberg. Die Kriminalpolizei braucht Männer wie Sie.«

Kommissar Seeberg nickte. »Ich gebe mir alle Mühe, wieder meine Arbeit zu machen.«

Pinnow grinste noch breiter und zog seine Mundwinkel dabei noch stärker nach oben. Automatisch musste Seeberg an Ecksteins Worte denken. Sie trafen gleichermaßen auf Bornemann wie Pinnow zu. Wahrscheinlich war das das Geheimnis ihrer erfolgreichen Karrieren, sie lächelten alle Probleme aus der Welt. »Nicht so bescheiden. Sie haben eine beeindruckende Aufklärungsquote.«

Seeberg bot Pinnow einen Stuhl an und verschränkte die Arme vor der Brust.

»Also, was kann ich Ihnen noch erzählen, was die Kollegen Ihnen nicht auch schon gesagt haben?«

»Ihre Kollegen?« Pinnow setzte sich und drehte sich zu Kohler, Ammer und Freitag, die an ihren Schreibtischen saßen und dem Gespräch aufmerksam folgten. »Na ja, Ihre Kollegen drucksen bislang nur herum. Sie sind recht schweigsam und meinten, dass nur Sie uns adäquate Auskünfte geben könnten.«

Seeberg ging wortlos zur Kaffeemaschine hinüber und nahm sich eine leere Tasse.

»Möchten Sie auch einen Kaffee?«

»Nein, danke. Mich würde der aktuelle Ermittlungsstand weitaus mehr interessieren.«

Seeberg goss sich in aller Ruhe eine halbe Tasse ein und nahm einen kleinen Schluck. »Um ehrlich zu sein, haben wir bislang nicht allzu viel. Aber es verdichten sich jedoch die Hinweise, dass es sich um denselben Täter wie in einem anderen Fall handeln könnte.«

»Pogatetz.«

»Richtig. Wir haben sogar einen Tatverdächtigen,

dessen Alibi wir gerade überprüfen. Vielleicht haben wir ja Glück, und es ist nicht wasserfest.«

Auch wenn der Junkie bereits wieder auf freiem Fuß war, diente er immerhin noch als Joker, um Zeit zu gewinnen. Und die Informationen waren auch nicht falsch, sondern lediglich nicht auf dem neuesten Stand. Seeberg vertraute weder Bornemann noch Pinnow. Er wusste, dass beide nur darauf warteten, dass er einen Fehler machte, damit sie ihn endgültig entlassen konnten. Doch diese Genugtuung wollte er ihnen nicht geben. Er würde diesen Fall klären … auf seine Art und Weise.

»Sie meinen diesen Junkie?«

»Hesse. So ist sein Name.« Seeberg antwortete mit einem zögerlichen Lächeln. Er wusste nicht, welche Informationen Bornemann schon weitergegeben hatte. »Wir sind dabei, alles ganz nach Vorschrift zu überprüfen. Sobald wir etwas Neues haben, werden wir es natürlich umgehend weitergeben.«

»Das freut mich, dass Sie so sehr darum bemüht sind, unsere Zusammenarbeit fruchtbar zu gestalten, Herr Kommissar«, erklärte Pinnow.

»Ist das denn so? Arbeiten wir zusammen?«

»Aber natürlich. Haben Sie etwa einen anderen Eindruck? Das würde ich sehr bedauerlich finden.«

»Nun dann.« Der Kommissar stellte seine Tasse ab

und ging vorbei an Bornemann und Pinnow zur Tür. »Wir verbleiben so, wie besprochen.«

Pinnow wartete einen Moment, bis er auf diese Ansprache reagierte. Er fixierte Seeberg mit seinen Augen und schien seinerseits nun versucht, zu deuten, was er von Seebergs Reaktion halten solle. Dann fand er sein Grinsen wieder und ging in Richtung Ausgang.

»Rufen Sie mich ruhig auch direkt an, wenn Sie etwas haben. «

»Natürlich. Das mache ich. Auf Wiedersehen.«

Die Tür fiel hinter Pinnow und Bornemann in den Rahmen, und alle atmeten hörbar aus. Kohler erhob sich.

»Wir tanzen hier auf einer verdammt dünnen Klinge, Klaus. Treib es nicht zu weit.«

»Ich nehme das auf meine Kappe.« Seeberg sah in die Runde. »Also was haben wir Neues?«

Kohler war mit dieser Antwort nicht zufrieden, setzte sich aber hinter seinen Schreibtisch und deutete auf Ammer. »Berichten Sie uns, was Sie über diese stinkende Pflanze herausgefunden haben.«

15.

Ammer öffnete eine Akte und nahm sich einen der Ausdrucke daraus hervor. Ein Foto der Pflanze. Er legte es für alle gut sichtbar auf die Arbeitsplatte des Schreibtischs.

»Das ist sie. Rafflesia arnoldii. So heißt die Pflanze mit offiziellem Namen. Sie stammt aus Asien und ist eine rein parasitäre Pflanze, die nur alle eineinhalb Jahre blüht.«

»Parasitäre Pflanze?« Seeberg seufzte. »Fassen Sie es bitte so zusammen, dass wir es alle verstehen, Ammer.«

»Na gut.« Ammer straffte sich. »Ein gewisser Sir Thomas Stamford Raffles, der übrigens auch Gründer der Stadt Singapur ist, war im Mai 1818 Leiter einer Expedition, die er zusammen mit dem britischen Wissenschaftler Joseph Arnold in den Dschungel Sumatras führte. Dabei stießen sie auf eine stinkende Blüte mit fleischigen Blütenblättern, die die Eingeborenen Leichenblume oder Teufelsblume nannten.«

»Na, das passt ja«, meinte Kohler. »Das Teil riecht ja wirklich genau wie eine verwesende Leiche.«

»Die Farben der Blütenblätter sind wie bei unseren Exemplaren auch meistens purpurrot und mit warzenartigen weißen Flecken gepunktet. Es gibt alleine im indomalaiischen Raum zwölf Arten und neun Gattungen. In Thailand ist nur die Art Sapria himalayana bekannt, deren Blütendurchmesser immerhin noch zwanzig bis dreißig Zentimeter beträgt. Man findet sie unter anderem im Khao-Sok-Nationalpark, dort nennt man sie Buah Poh.«

Seeberg nickte zufrieden. »Es ist also, wie wir vermutet haben. Man kann diese Dinger also definitiv nicht irgendwo im Blumenladen um die Ecke kaufen.«

»Nein, ganz bestimmt nicht. Die Rafflesia arnoldii ist ein hoch spezialisiertes Gewächs, unfähig zur Photosynthese, der selbständigen Energiegewinnung, und verfügt weder über Wurzeln, Blätter oder Stiel.«

»Und wie überlebt sie? Sie muss sich doch irgendwie mit Wasser versorgen.«

»Sie ist eben ein Parasit«, erklärte Ammer. »Ihre Samen nisten sich in der Wirtspflanze ein und bilden mikroskopisch feine Zellfäden, die sich im Stammgeflecht der Wirtspflanze festsetzen und dann ihre Nahrung daraus beziehen. Wenn sie ihre volle Größe erreicht hat, tut sich in ihrer Mitte eine große Öffnung auf, aus der dieser stinkende Aasgeruch austritt, der im Umkreis von hundert Metern noch wahrzunehmen ist. Der penetrante Geruch lockt die Fliegen an, die dann die millionenfachen Samen der Blüte zu den seltenen Wirtspflanzen transportieren und so das Überleben der Art sichern.«

»Ich habe zwar nur die Hälfte verstanden, aber es scheint recht aufwendig zu sein, sich als Teufelsblüte fortzupflanzen.«

»Allerdings. Vor allen Dingen, wenn man bedenkt, dass sie normalerweise nach fünf bis sieben Tagen verwelkt. Dann dauert es wieder achtzehn Monate bis zur nächsten Blühte. Danach verwelkt sie wieder.«

»Das ist interessant.« Seeberg stand von seinem Stuhl auf und ging zum Fenster. Draußen hatte sich inzwischen der Graupel in Regen verwandelt. Die Straßenlaternen waren angeschaltet, und Nebel legte sich über alles und jeden. Es war ein Tag, wie man ihn aus zahlreichen Sherlock-Holmes-Filmen kannte. »Unser Täter hat sich also sehr viel Mühe gemacht, damit er diese Pflanze hinterlassen konnte. Schließlich stand diese Pflanze bei beiden Opfern jeweils in voller Blüte.«

Ammer lächelte. Offenbar war er zufrieden über seinen Auftritt. »Der Täter muss also entweder achtzehn Monate abgewartet haben, oder er züchtet sie selbst irgendwo.«

Seeberg drehte sich um. »Jedenfalls hat diese Pflanze eine große Bedeutung für ihn. Wenn wir herausfinden, worauf diese Bedeutung beruht, haben wir eine große Chance, ihn zu fassen.«

Verdammt, dachte sich Seeberg, ich hätte damals schon darauf kommen müssen. Er sah zu Ammer, der ein weiteres Mal in den Unterlagen wühlte und eine handschriftliche Nachricht hervorzog.

»Ach ja, eine wichtige Nachricht habe ich noch. Die Gärtnerei, in deren Gewächshaus wir Karstensen gefunden haben, hat uns versichert, niemals eine Rafflesia angepflanzt zu haben. Die kannte diese Pflanze gar nicht.«

»Na bitte«, meinte Kohler. »Damit steht wohl fest, dass der Mörder sie mitgebracht und vor Ort hinterlassen hat.«

»Nicht nur das, Reinhard. Der Mörder hat sich sogar die Mühe gemacht und hat sie dort eingepflanzt. Zumindest hat er so getan. Denn wie wir gerade gehört haben, hat sie ja noch nicht einmal eine Wurzel. Er dachte wohl, dass es uns dann weniger auffallen würde und die Pflanze ja nach ein paar Tagen sowieso verwelkt sei.«

»Was ihm ja auch beinahe gelungen wäre«, bestätigte Freitag.

Seeberg nickte. »Stimmt. Und was haben Sie im Hotel herausgefunden?«

»Genau wie Sie vermutet hatten. Auch dort konnte sich niemand an diese Pflanze erinnern. Aber solch einen stinkenden Blumenschmuck würden sie ganz sicher nicht ihren Gästen zumuten.«

Kohler seufzte. »Wie gehen wir jetzt weiter vor, Klaus?«

»Wir müssen herausfinden, was die beiden Opfer in Verbindung zu der Blume bringt. Vielleicht waren es Hobbygärtner oder Blumenliebhaber. Freitag, Sie kontrollieren, ob einer der Namen auf der Liste von Frau Karstensen vielleicht ein Florist oder Hobbygärtner ist.«

»Okay.«

»Und Sie, Ammer, Sie rufen Karstensens Frau an. Finden Sie heraus, ob ihr Ehemann mal in Asien war oder sie sonst was mit dieser Blume anfangen kann. Finden Sie heraus, welche Gärtnereien diese Pflanzen verkaufen. Vielleicht gibt es Listen von Händlern. Irgendwoher muss sie unser Täter ja bezogen haben.«

Ammer nickte.

»Und ich kümmere mich morgen um Frau Pogatetz und statte ihr einen Besuch ab.«

»Morgen ist schlecht, Klaus.«

»Warum?«, wunderte sich Seeberg und wand sich zu seinem Kollegen Kohler. »Was ist morgen?«

»Wir haben die Leiche von Ferdinand Karstensen freigegeben. Morgen ist dessen Beerdigung.«

»Noch besser. Dann können wir direkt Frau Karstensen fragen und uns ein wenig umschauen, wer alles vor Ort sein wird.«

Kohler schien wenig begeistert und legte Seeberg eine Hand auf die Schulter, so dass die anderen nicht mithören konnten, was er ihm sagte.

»Ich halte das für keine gute Idee, Klaus.«

»Was spricht denn dagegen?«

»Na ja, erstens ist es die Beerdigung ihres Mannes.«

»Ach, sie trauert ja anscheinend nicht um ihren Mann. Ich denke nicht, dass es ihr etwas ausmachen wird.«

»Und zweitens, weiß ich nicht, ob es für dich gut ist.«

»Für mich?«

»Willst du … ich meine, denkst du, dass du es schaffen wirst?«

»Was meinst du?«

»Na, die Beerdigung. Der Friedhof. Die Erinnerungen.«

Erst jetzt verstand der Kommissar die Einwände seines Kollegen. Es ging um Lauras Beerdigung.

»Reinhard, also wirklich.« Seeberg rang sich ein Lächeln ab und befreite sich von Kohlers Arm. »Ich war schon auf etlichen Beerdigungen.«

»Ich meine ja nur. Lauras Beerdigung ist noch nicht so lange her. Denkst du wirklich, dass du das tun solltest?«

Seeberg lächelte noch immer, doch tief in seinem Inneren wusste er, dass er sich selbst keine ehrliche Antwort auf diese Frage geben konnte.

16.

Die Regentropfen prasselten unaufhörlich herab und perlten über das polierte Holz des Sargs. Es hatte die ganze Nacht und den ganzen Morgen durch geregnet. Nun stand die Trauergesellschaft bis zu den Knöcheln im Matsch und hoffte, dass sich die Trauerrede nicht zu sehr in die Länge zog. Der Pfarrer tat ihnen den Gefallen. Keine zehn Minuten später ließen die vier schwarz gewandeten Männer den Sarg an Tauen langsam hinunter in das dunkle Loch gleiten. Viele Trauergäste hatten Kränze für Karstensen niedergelegt, auf denen sie ihr Beileid bekundeten. Die ganze Zeremonie flog an Seeberg vorbei. Er hatte kaum Augen für die Personen, die sich nach und nach um das offene Grab sammelten und der Witwe ihr Beileid bekundeten. Zu sehr schoben sich die Bilder von Lauras Beerdigung vor sein inneres Auge.

Genau, wie es Kohler vermutet hatte.

Der Kommissar versuchte sich nichts anmerken zu lassen, doch die Erinnerungen waren zu stark und die Bilder zu ähnlich. Das schwarze Loch, in das seine Tochter hinabgelassen wurde, um nie wiederzukehren. Der Pfarrer, der irgendetwas zu ihm sagte, ohne dass er auch nur ein Wort davon wahrnahm. Helena hatte noch am gleichen Abend die Stadt verlassen und war nach Göteborg zu ihrer Cousine geflogen. Er hatte sie sogar noch zum Flughafen gefahren und ihr das Ticket gekauft. Es war das letzte Mal, dass er sie gesehen hatte.

»Schau mal, wer auch da ist.«

Kohler stieß ihn leicht mit dem Ellenbogen an und deutete mit einem Nicken zu einem Mann, der unter einem Baum Schutz vor dem Regen gesucht hatte.

»Kollege Pfeifer.«

Seeberg sah seinen alten Partner an. »Ich war gestern bei ihm. Sein Name steht auf der Liste, die uns Michelle Karstensen ausgehändigt hat.«

»Das hättest du mir sagen müssen.«

»Wollte ich ja, aber dann waren Bornemann und Pinnow im Büro, und danach hatten wir keine Zeit mehr.«

Kohler schüttelte den Kopf. »Keine Zeit mehr. Blödsinn.«

»Tut mir leid.«

»Denkst du, er steckt da irgendwie mit drin?«

»Das werden wir herausfinden. Aber so wie ich Pfeifer kenne, hat er sich gut abgesichert.«

»Du trägst ihm immer noch diese alte Geschichte nach?«

»Reinhard, dieser Kerl hat definitiv Dreck am Stecken. Du müsstest mal die teuren Möbel in seiner Wohnung sehen.«

Kohler deutete zu einer weiteren Person, die soeben der Witwe ihr Mitleid aussprach.

»Na, sieh einmal an, Herr Staatsanwalt gibt sich auch die Ehre. Was hat der denn hier verloren?«

»Der wittert bestimmt wieder nur die Presse. Wenn irgendwo eine Kamera klickt, steht er doch immer parat.«

Zum Regen setzte nun noch ein heftiger Wind ein. Der Friedhof leerte sich schnell. Schließlich standen nur noch die Witwe und der Pfarrer beieinander und redeten unter einem großen Regenschirm. Die beiden Polizisten gingen die wenigen Meter zu der jungen Witwe hinüber. Der Pfarrer verabschiedete sich, und sie waren allein mit Michelle Karstensen. Trotz der Trauerkleidung wirkte sie attraktiv.

»Frau Karstensen, mein Name ist Klaus Seeberg von der Kripo Fulda, und das ist mein Kollege Reinhard Kohler. Wir möchten ihnen ebenfalls unser Beileid aussprechen.«

»Danke.«

»Wir hätten noch ein paar Fragen an Sie.«

»Aber ich habe Ihren Kollegen doch schon alles gesagt, was ich weiß.«

»Richtig. Aber wir stecken mitten in den Ermittlungen, und da tauchen immer wieder neue Fragen auf.«

»Bin ich verdächtig, weil ich nun das Haus und eine Menge Geld erbe?«

»Momentan ist jeder verdächtig, der ein Motiv hat.«

»Na, wenigstens sind Sie ehrlich. Aber ich muss Sie enttäuschen. Ich habe Ferdi wirklich nicht sonderlich gemocht. Aber umbringen? Nein, dazu wäre ich nicht fähig.«

»Es geht uns zunächst auch nur um einige Spuren, die uns vielleicht zum Täter führen könnten. Und dafür benötigen wir Ihre Hilfe.«

Michelle Karstensen zögerte, dann nickte sie. »Also gut, wenn es unbedingt sein muss. Meinetwegen.«

»Danke«, antwortete Seeberg. »Hatte Ihr Mann eine besondere Beziehung zu Blumen, oder war er vielleicht Hobbygärtner?«

»Hobbygärtner?« Michelle Karstensen musste unweigerlich lachen.

»Nein. Mein Mann hat mir während unserer Ehe nicht eine einzige Blume mitgebracht. Er konnte wahrscheinlich nicht mal eine Rose von einer Butterblume unterscheiden.«

»Ist Ihr Mann jemals in Asien gewesen? Sumatra, Thailand?«

»Thailand, ja. Dort war er mal beruflich. Ferdi war nach dem Tsunami 2004 mit einigen anderen Kollegen vor Ort. Danach ist er noch zwei-, dreimal dort gewesen.«

»Was genau war sein Aufgabengebiet dort?«

»Das kann ich Ihnen leider nicht sagen. Ferdi hat nie viel über seine Arbeit geredet. Er hat mir immer nur gesagt, dass er wegmüsse und er in ein paar Tagen wieder zurück sei. Es hat mich ehrlich gesagt auch nie sonderlich interessiert. Ich war froh, wenn er weg war.«

»Danke, Frau Karstensen, das genügt uns schon. Haben Sie herzlichen Dank.«

Die Witwe wandte sich ab und ging schnellen Schrittes mit ihrem Regenschirm in Richtung des Ausgangs des Friedhofs. Die beiden Beamten standen nun alleine neben dem Grab. Sie schwiegen. Während Kohler versuchte, die Aussagen Michelle Karstensens zu sortieren und einzuordnen, starrte Seeberg in das Erdloch zu seinen Füßen. Viele der Trauergäste hatten einzelne Blumen hineingeworfen. Nelken. Tulpen. Rosen.

Er spürte einen Kloß in seinem Hals.

Laura hatte Rosen sehr gerne gemocht. Sie hatte sie getrocknet und in ihrem Zimmer aufgehängt.

Er schloss die Augen und bemerkte, wie er zitterte. Schnell öffnete er seine Augen und sah Kohler an. Sein Kollege sagte nichts, sondern legte ihm stattdessen seinen Arm um die Schulter.

17.

»Danke, Frau Pogatetz. Sie haben uns sehr geholfen.«

Seeberg legte den Hörer auf und schaute in die gespannten Gesichter seines Teams. Nachdem Kohler und er von dem Begräbnis zurück ins Büro gefahren waren, hatte er sich sogleich darangemacht, die Witwe von Pogatetz anzurufen und ihr die gleichen Fragen wie Michelle Karstensen zu stellen.

»Und? Sag schon, Klaus. Was hat sie gesagt? Gibt es eine Verbindung?«

Der Kommissar faltete die Hände. »Also, passt auf. Das deutsche Verteidigungsministerium hatte nach dem schweren Beben und dem anschließenden Tsunami ihren Einsatzgruppenversorger *Berlin* ins Krisengebiet entsandt. Dieses Schiff ist mit einem Rettungszentrum ausgestattet, das wie ein kleines Krankenhaus funktioniert, und kann bis zu 45 Patienten aufnehmen. Außerdem entsandte die Bundeswehr am 29. Dezember noch einen MedEvac-Airbus A310 zur intensivmedizinischen Versorgung und Rückholung deutscher Touristen ins thailändische Phuket. Insgesamt wurden auf drei Flügen 130 vornehmlich deutsche Personen aus dem Katastrophengebiet ausgeflogen und unzählige Verletzte an Bord behandelt.«

»Das ist ja sehr schön, Klaus, aber was ist mit Pogatetz? War er auf dem Schiff oder nicht?«, fragte Kohler.

»Ich war noch nicht fertig. Natürlich waren auch Sanitätsoffiziere der Bundeswehr vor Ort. Pogatetz war einer von ihnen.«

»Da haben wir es.« Auch Freitag erkannte die Chance, dass man endlich eine Gemeinsamkeit bei beiden Opfern herstellen konnte.

»Sie meinen, Pogatetz könnte dadurch Kontakt mit Karstensen gehabt haben?«

»Es ist sehr wahrscheinlich. Denn die deutschen Sanitätsoffiziere arbeiteten eng mit weiteren offiziellen Stellen vor Ort zusammen. Und zwar mit deutschen offiziellen Stellen.«

»Verdammt«, entfuhr es Kohler. »Sag jetzt nicht, dass diese offiziellen Stellen Beamte des BKAs waren?«

»Genau so ist es. Das BKA war mit einigen Beamten vor Ort, die bei der Identifizierung der Opfer halfen.«

»Bingo!« Ammer klatschte in die Hände. »Jetzt haben wir was! Es ist also sehr wahrscheinlich, dass Karstensen und Pogatetz sich dort an Bord oder zumindest im Krisengebiet kennengelernt haben.«

Seeberg legte die Hände in den Nacken und wippte mit dem Schreibtischstuhl zurück. »Jetzt müssen wir nur noch herausfinden, was diese Blume mit den beiden zu tun hat. Pogatetz' Witwe konnte sich da nichts zu denken. Wenn wir den Zusammenhang herausfinden, finden wir auch das Motiv und den Mörder.« Seeberg deutete zu seinen beiden jungen Kollegen. »Was haben Sie denn noch über unsere Pflanze herausgefunden? Haben Sie die Listen der Händler?«

»Ja«, bestätigte Ammer. »Es sind nur eine Handvoll in Deutschland, hinzu kommen noch einige botanische Gärten und Händler in Osteuropa und in Großbritannien. Wir haben den Händlern schon Namen und Fotos der Opfer geschickt. Aber es gab leider keinen Treffer. Die Rafflesia wird in Deutschland nur an große und öffentliche Häuser wie den Frankfurter Palmengarten verkauft. Privatleute dürfen diese seltenen Pflanzen gar nicht züchten oder kaufen.«

»Also nichts. Dann hat unser Täter sie wahrscheinlich irgendwo anders herbekommen.«

Das Klingeln des Telefons unterbrach sie. Ammer nahm ab.

»Ammer?«

Er reichte den Hörer weiter zu Kohler, der den Hörer sogleich wieder mit den Worten »Ich komme gleich zu Ihnen rauf« auflegte.

»Bornemann?«, fragte Seeberg.

Kohler nickte. Noch bevor er etwas sagen konnte, klingelte es, und Ammer nahm erneut das Gespräch entgegen.

»Wie kann ich Ihnen helfen, Frau Karstensen?«

Die anderen sahen zu Ammer hinüber. Er drückte den Freisprechknopf, so dass alle mithören konnten.

»Heute Morgen waren zwei Kollegen von Ihnen bei der Beerdigung meines Mannes und haben mir Fragen gestellt.«

»Ja, die Kollegen Seeberg und Kohler.«

»Na ja, mir ist noch etwas eingefallen, und da habe ich zu Hause ein wenig rumgestöbert. Ich habe in der Kiste nachgeschaut, die Ferdi immer fest verschlossen hielt und in die er seine Sachen verstaute, wenn er aus Thailand zurückkehrte. Und ich habe was gefunden. Einen Laptop. Er ist zwar passwortgeschützt, aber das sollte für Ihre Experten kein Problem darstellen, oder?«

»Ich denke nicht.«

»Außerdem habe ich noch eine Art Tagebuch gefunden, in dem Namen und Zahlen aufgeschrieben sind.«

»Namen und Daten?«

»Ja, es ist voll mit Namen von Frauen und Zahlen. Hier steht zum Beispiel 4. Januar 2004, Sue, 12 Jahre. Ich dachte, das sollten sie wissen. Vielleicht können Sie damit etwas anfangen.«

»Natürlich. Wir kommen so schnell wie möglich vorbei und holen uns den Laptop. Sind Sie zu Hause?«

»Nein, ich bin bei einer Freundin, und da bleibe

ich auch erst einmal, bis ich etwas Neues gefunden habe. Ich will einfach nicht mehr in dieses Haus. Aber kommen Sie doch heute Abend gegen acht Uhr vorbei. Ich muss ohnehin noch ein paar Sachen holen. Dann gebe ich Ihnen die Schlüssel des Hauses.«

»Okay, so machen wir es. Auf Wiederhören, Frau Karstensen und vielen Dank.«

Ammer legte auf und schaute in die Gesichter seiner Kollegen. Zunächst sagte keiner etwas, dann unterbrach Kohler das Schweigen.

»Wir scheinen hier in etwas ziemlich Schmutziges reingetreten zu sein. Das klingt mir ganz nach Pädophilie.«

Ammer nickte. »Und es würde zu unserer Spur passen. Asien und besonders Thailand sind bekannt für Pädophilen-Tourismus.«

Die junge Freitag nickte ebenfalls, gab aber zu bedenken, dass es Probleme geben könnte.

»Ja, aber wir dürfen nicht vergessen, dass unsere beiden Opfer keine Touristen waren, sondern dort ihren Job erledigten. Vielleicht sind es auch nur Namen von Opfern, die identifiziert wurden. Wir müssen da echt vorsichtig sein. Wenn das BKA davon Wind bekommt, sind wir den Fall ruckzuck los.«

Seeberg nickte. Dann wandte er sich zu Ammer. »Sie und Freitag fahren heute Abend dorthin und lassen sich von Frau Karstensen den Laptop und die

Hausschlüssel geben. Reinhard, besorg du bitte sicherheitshalber einen Durchsuchungsbefehl. Wir nehmen die Bude auseinander. Jeden einzelnen Zentimeter. Und kein Wort zur Presse oder zu Bornemann.«

18.

»Nehmen Sie Platz.«

Kohler zog den Stuhl vom Tisch zurück und setzte sich. Er konnte auf Bornemanns Stirn kleine Schweißperlen erkennen. Ein deutliches Zeichen von Stress und Aufregung. Er konnte es ihm nach dem letzten Zusammentreffen nicht verübeln. Sicherlich hatte sich Pinnow über Seeberg an höchster Stelle beschwert.

»Weshalb sollte ich zu Ihnen kommen? Die aktuellen Berichte müssten ihnen doch alle vorliegen, oder?«

»Die Berichte.« Bornemann schob den Aktenberg wütend von sich, so dass einige der Akten vom Stapel fielen. »Vergessen Sie die Berichte. Was war das für ein Schauspiel gestern in Ihrem Büro, Herr Kohler? Will mich Seeberg zum Narren halten? Der Kollege Pinnow ist ein hochangesehener Beamter mit vielen einflussreichen Kontakten. Wenn er will, kann er uns das Leben verdammt schwermachen. Und nur weil Sie und Seeberg Kasperletheater spielen wollen.«

»Aber es gibt tatsächlich nichts Neues zu erzählen. Was sollte Seeberg Ihnen und Pinnow schon sagen? Wir können uns doch keine Lügen ausdenken und sie dann verbreiten, nur um besser dazustehen, oder?«

»Natürlich nicht. Aber ich habe ihnen ausdrücklich gesagt, dass ich über jeden Schritt von Seeberg unterrichtet werden möchte.«

»Wie soll das gehen? Ich kann ihm doch keinen Aufpasser an die Seite stellen. Ich habe ihm aber schon einen Termin bei Frau Doktor Hellmich gemacht.«

»Die Psychologin?«, fragte Bornemann erstaunt. »Die wird ihn am Ende noch dienstfähig schreiben. Das würde bedeuten, dass wir nur umso mehr aufpassen müssen, was er macht. Dann gibt es gar keine Entschuldigung mehr.«

»Das hört sich beinahe so an, als würden Sie darauf hoffen, dass er dienstunfähig geschrieben wird.«

»Nein, natürlich nicht. Aber eine längere Untersuchung und ein späteres Urteil würden uns einen anderen Handlungsspielraum geben.«

»Sie meinen damit, dass er als Bauernopfer herhalten könnte, falls etwas schiefgeht.«

Bornemann zögerte einen Moment mit seiner Antwort. »Kohler, passen Sie auf, was Sie da sagen. Es geht hier auch um Ihre Karriere, und wir wollen Ihnen doch hier einen schönen Abschied verschaffen, nicht wahr? Vergessen Sie also nicht, mit wem Sie hier gerade sprechen.«

Kohler stand auf und schob den Stuhl zurück an den Tisch. Dabei verlor er Bornemann nie aus den Augen.

»Nein, das vergesse ich nicht. Ganz bestimmt nicht.«

19.

Michelle Karstensen hatte ihren Reisekoffer auf dem Bett ausgebreitet und packte einige Kleider hinein, als es klingelte. Erstaunt trat sie an das Fenster, um zu sehen, wer vor der Tür stand. Doch die Dämmerung hatte bereits eingesetzt, so dass sie nichts erkennen konnte. Verwundert sah sie auf die Uhr und erkannte, dass es für die Polizei eigentlich noch zwei Stunden zu früh war. Gemächlich ging sie die Treppe hinunter in Richtung Tür. Einer von Ferdis Freunden wäre jetzt das Letzte gewesen, was sie brauchte. In den letzten Tagen hatten sich viele dieser Personen bei ihr gemeldet, mit dem Hinweis, noch mal vorbeischauen zu wollen, da Ferdi ihnen angeblich noch Geld schuldete. Ihr war das alles ziemlich egal. Sollte sich doch der Anwalt um diese Angelegenheiten kümmern.

Sie öffnete die Tür, und ihre Gesichtszüge entspannten sich, als sie das vertraute Gesicht erkannte.

»Ach, du bist es. Ich dachte, dass du erst …«

Ihr Gast legte ihr einen Finger auf die Lippen. Sie verstand und schwieg. Ein Schauer ergriff sie. Die Erinnerungen an die letzte gemeinsame Nacht flackerten auf. Sie begann zu zittern.

»Ich habe heute etwas ganz Besonderes mit dir vor.«

»Was auch immer du willst, ich tue es«, antwortete die junge Witwe. Ihr gefielen diese Spiele, in denen sich die Dominanz zwischen den beiden abwechselte wie Licht und Schatten.

»Dreh dich um.«

Michelle Karstensen tat wie ihr geheißen und wandte ihrem Gast den Rücken zu. Die Tür fiel ins Schloss, und sie wurde weiter ins Wohnungsinnere geführt. Im nächsten Moment spürte sie, wie sich ein Seidenschal über ihre Augen legte und an ihrem Hinterkopf fest zugezogen wurde. Ein weiterer Knoten folgte. Der Gast schien heute besonders streng zu sein. Michelles Lippen bebten.

»Was, was hast du vor?«

»Psssst.« Die bekannte Stimme hauchte ihr von hinten ins Ohr. Noch bevor sie etwas erwidern konnte, wurde sie sanft in eine Richtung gezogen und folgte gehorsam die Stufen hinauf ins Schlafzimmer. Dann wurde der Reißverschluss ihres schwarzen Kleides geöffnet und es nach unten gezogen. Nur in Slip und BH stand sie vor ihrem Gast, der sie mit sanftem Druck auf das Bett drückte. Ihre Schuhe fielen klackernd von den Füßen auf den Boden. Sie sah nicht, was nun geschah. Ihr Kleid und ihre Schuhe wurden fein säuberlich vor dem Bett abgelegt.

»Streck deine Arme und Beine aus«, hauchte ihr die Stimme ins Ohr.

»Aber …«

»Pssst.« Wieder wurde ihr ein Finger auf die Lippen gelegt. »Frag nicht, tu es einfach.«

»Okay.«

Michelle Karstensen streckte ihre Arme und Beine aus, die sogleich an die Bettpfosten gebunden wurden. So fixiert, konnte sie sich kaum noch bewegen. Was ihr in anderen Situationen schier unerträglich vorgekommen wäre, bescherte ihr jedoch zur eigenen Verwunderung noch größere Lust. Sie ließ alles geschehen und genoss die Tatsache, ausgeliefert zu sein. Ferdi hatte sie nie so vertraut, daher war es mit ihm nie zu solchen Spielchen gekommen. Obwohl ihm diese Spielform sicher auch gefallen hätte. Ihre Gedanken an die Vergangenheit wurden jäh unterbrochen, als sie etwas Kaltes zwischen ihren Schenkeln spürte. Gerade als sie fragen wollte, was mit ihr passieren soll, hörte sie, wie Stoff mit einer scharfen

Klinge zerschnitten wurde. Nach dem Slip wurde auch der BH mit einem einzigen Schnitt zerteilt.

»Was machst du mit mir? Du bist verrückt ...«

»Ja, ich weiß.«

Ihr Puls hämmerte immer schneller. Sie spürte die fordernden Hände auf ihrer Haut und stöhnte auf. Auf jeden harten Handgriff folgten zärtliche Berührungen. Ihr Brüste wurden sanft liebkost, und sie konnte den schweren Atem hören, der über ihren Körper kroch. Michelle verfiel in eine Art Trance und wand sich unter den Berührungen. Jede einzelne traf sie wie ein kurzer elektrischer Schlag. Sie spürte, wie sie gepackt, ihr Haar zerzaust und ihr Kopf nach hinten gezogen wurde. Unwillkürlich drückte sie lustvoll ihren Oberkörper nach oben, doch die fixierten Arme ließen ihr nur wenig Spielraum. Gerade als sie erneut laut aufstöhnte, setzte eine tiefe Stille ein. Obwohl sie nichts sah, spürte sie, dass mit einem Mal plötzlich etwas anders war. Sie hielt inne und lauschte nach etwas, das ihr Beruhigung verschaffte. Doch nichts war zu hören. Das Spiel war kein Spiel mehr. Es war tödlicher Ernst geworden. Dann hörte sie die Stimme ihres Gastes.

»Es tut mir leid, Michelle.«

20.

Die Beerdigung.

Der Sarg.

Pogatetz.

Karstensen.

Das schwarze Erdloch.

Laura.

Seeberg saß stumm in seinem Fahrzeug auf dem großen Parkplatz am Aueweiher. Er hatte das Licht und den Motor ausgeschaltet und hatte jedes Gefühl für die Zeit verloren. Die Scheiben beschlugen bereits. Mit zittrigen Händen schraubte er ein Röhrchen auf und schüttete sich ein paar Tabletten in den Mund. Dann saß er wieder grübelnd da und wartete darauf, dass die Wirkung einsetzte. Vielleicht war es keine gute Idee gewesen, sich dieses Falles anzunehmen. Vielleicht wäre es für alle das Beste gewesen, wenn er vor den Zug gesprungen wäre. Ein Team bei solch einer schwierigen Ermittlung zu führen war nicht einfach, und er war momentan alles andere als stabil. Vielleicht versuchte er auch nur, sein eigenes Gewissen zu besänftigen, indem er versuchte, diesen Fall zu lösen. Laura konnte er nicht mehr retten, aber unter Umständen konnte er weitere Morde verhindern. Er schüttelte den Kopf. Wen interessiert das schon? Und selbst wenn, es wäre nicht dasselbe. Es wäre nicht seine Laura. Er schlug auf das Lenkrad ein und versuchte dabei irgendwas zu fluchen, doch es waren nur Klagelaute, die sich unter die einsetzenden Tränen mischten. Plötzlich klingelte sein Handy. Auf dem Display leuchtete der Name von Ammer auf. Er ließ es viermal läuten, bevor er abnahm.

»Seeberg.«

»Scheint niemand da zu sein.«

»Versuch's noch mal.« Freitag deutete auf die Klingel, und Ammer drückte erneut. Doch auch beim vierten Versuch wurde ihnen nicht geöffnet.

»Und was machen wir jetzt? Sie hat doch acht Uhr gesagt, oder?«

»Ja«, bestätigte Freitag nach einem Blick auf ihre Armbanduhr, die mittlerweile sogar zehn Minuten nach acht anzeigte. »Wir sind pünktlich.«

»Hier, halt mal.« Ammer reichte seiner Kollegin den Durchsuchungsbefehl und ging zu einem der Fenster. Dort legte er die Hände so zwischen die Scheibe und sein Gesicht, dass ihn das Licht der Straßenlaterne nicht blendete. Er hoffte, etwas im Inneren erkennen zu können. Doch schon nach wenigen Sekunden schüttelte er den Kopf.

»Nichts zu sehen. Vielleicht ist sie noch bei ihrer Freundin.«

»Ja, vielleicht.«

»Ich bin dafür, dass wir Seeberg anrufen. Was denkst du?«

Es war wohl mehr eine rhetorische Frage, denn noch bevor Freitag antworten konnte, tippte Ammer die Nummer des Kommissars ein. Es dauerte etwas, bis der Kommissar endlich abnahm.

»Seeberg.«

»Ja, Ammer hier, Herr Kommissar. Wir stehen vor der Haustür von Michelle Karstensen. Es scheint aber niemand da zu sein. Jedenfalls macht uns keiner auf. Sollen wir trotzdem reingehen oder warten?«

»Sie ist nicht zu Hause?«

»Nein.«

»Das hört sich nicht gut an. Ist sie vielleicht noch bei ihrer Freundin?«

»Das hätte sie uns doch gesagt. Was sollen wir machen?«

»Ruft jemanden, der uns die Tür aufmachen kann, und wartet dort auf mich. Ich bin in zehn Minuten bei euch.«

21.

Trotz der eisigen Temperaturen hatte der Mann vom Schlüsseldienst keine Probleme, das Schloss zu öffnen. Schon nach wenigen Handgriffen schwang die Tür zum Hausflur der Villa auf und gab den Weg ins

Haus frei. Seeberg hatte aus seinem Wagen seine Taschenlampe mitgenommen und ging voran. Die beiden jungen Kollegen folgten dahinter.

»Nichts anfassen. Auch nicht die Lichtschalter. Könnte sein, dass wir Spuren verwischen.«

»Dort vorn geht es in das Wohnzimmer.« Ammer wies dem Kommissar den Weg. Seeberg nickte und klopfte vorsichtshalber an die Tür des Wohnzimmers.

»Frau Karstensen? Hallo, sind Sie zu Hause?«

Keine Antwort war zu vernehmen. Weder aus dem Wohnzimmer noch aus der anliegenden Küche.

»Ob ihr doch nur etwas dazwischengekommen ist?«, fragte Freitag und beantwortete sich ihre eigene Frage selbst. »Aber dann hätte sie sich doch gemeldet.«

Seeberg zuckte mit den Schultern. »Wahrscheinlich. Die Adresse ihrer Freundin oder ihre Mobilnummer haben wir auch nicht, oder?«

»Nein.« Ammer schüttelte den Kopf. »Das habe ich vergessen zu notieren.«

»Dann schauen wir mal in der oberen Etage nach.«

Sie setzten ihren Weg weiter fort und folgten dem schmalen Lichtkegel von Seebergs Taschenlampe. Als sie die ersten Stufen genommen hatten, klapperte etwas in einem der Zimmer des Obergeschosses. Sie hielten inne, und der Kommissar signalisierte, dass sie ihre Dienstwaffe bereithalten sollten. Dann gingen sie die weiteren Stufen eng an die Wand gepresst entlang nach oben.

Seeberg öffnete vorsichtig die Tür des ersten Zimmers. Das Badezimmer.

»Hallo, Frau Karstensen?«

Keine Antwort.

Vorsichtig schloss er die Tür wieder und ging weiter. Dann ertönte erneut das Geräusch. Beim zweiten Zimmer war die Tür nur angelehnt. Sie lauschten. Das Geräusch schien aus diesem Raum zu dringen. Ammer und Freitag richteten ihre Waffen aus, und der Kommissar zählte mit den Fingern bis drei, dann stürmten sie herein. Doch schon der erste Blick genügte, und sie senkten wieder ihre Waffen. Was sie hier sahen, war keine Bedrohung mehr, sondern lediglich ein weiterer Tatort.

»Verdammt«, fluchte Seeberg, »er war wieder schneller als wir.«

Michelle Karstensen lag in einer kreisrunden Blutlache entkleidet auf ihrem Bett, die Arme und Beine mit Seidenschals an die Bettpfosten gefesselt. Der Täter hatte ihr die Kehle durchgeschnitten. Ihr schwarzes Kleid, das Seeberg noch von der Beerdigung in Erinnerung geblieben war, lag zusammengelegt neben ihren Schuhen vor dem Bett.

Ammer steckte seine Waffe zurück in das Holster.

Zunächst wollte er das halbgeöffnete Fenster schließen, das im zugigen Wind das Klappern verursacht hatte, besann sich dann aber darauf, dass Spuren daran zu finden sein konnten, und wählte die Nummer der Spurensicherung. Nachdem er sein Telefon wieder weggesteckt hatte, sah er zum Kommissar, der zum Fenster hinausschaute und vor sich hin murmelte.

»Es scheint so, dass der Mörder bereits vermutete, dass Karstensen Beweismaterial im Haus hatte, und wollte es an sich bringen. Er brach ein, doch Frau Karstensen kam nach Hause und überraschte den Täter.«

Seeberg drehte sich um und deutete auf die entkleidete Leiche und die verbundenen Augen. »Sieht das so aus, als ob sie jemanden überrascht hätte? Das sieht mir doch vielmehr nach einem Sexspiel aus. Außerdem konnten wir keine Einbruchsspuren an der Haustür finden.«

»Das Fenster – es steht offen.«

»Sie haben recht, wir müssen alles in Betracht ziehen. Der Tatort ist aber ganz anders als die beiden ersten. Ganz zu schweigen davon, dass er die Frau dem ersten Anschein nach nicht anal penetriert und auch nicht mit Messerstichen übersät hat. Im Gegenteil, er hat ihr einen schnellen Tod beschert und ihr die Kehle durchgeschnitten. Ein einziger Schnitt. Er hat nicht mit ihrem Tod gespielt wie bei den ersten zwei Leichen, und den obligatorischen Einstich, um dem Opfer Beruhigungsmittel zu verabreichen, kann ich auch nicht entdecken.«

»Sie meinen, dass dieser Mord ein notwendiges Übel für ihn war?«, fragte Freitag.

Der Kommissar beugte sich näher zur Leiche, ohne irgendwas zu berühren.

»Warum sollte er sonst von seiner Handschrift abrücken? Frau Karstensen stand wohl lediglich zwischen ihm und den Beweisen. Er musste sie aus dem Weg räumen.«

»Dann haben wir wieder versagt. Und ich dachte, dass wir ihn jetzt langsam in die Enge treiben könnten.«

»Oh, das haben wir auch, Ammer.«

»Haben wir?«

»Natürlich. Wir haben sogar zwei neue Dinge erfahren.«

»Ach, und die wären?«

»Erstens, kannten sich Frau Karstensen und ihr Mörder. Wahrscheinlich hatten sie sogar eine Affäre. Solche kleinen Spielchen mit Schals macht man schließlich nicht in der ersten Nacht, wenn man eine Frau kennenlernt, nicht wahr?«

Freitag zuckte mit den Schultern. »Na ja.«

»Gut, von Anwesenden mal abgesehen.«

»Vielen Dank.«

»Zweitens, hatte der Täter es ganz offensichtlich nur auf den Laptop und die anderen Sachen abgesehen. Es muss also etwas darauf gewesen sein, das uns vielleicht zu ihm geführt hätte.«

»Sie meinen, dass der Täter ebenfalls ein Pädophiler ist?«

»Vielleicht. Frau Karstensen sagte ja, dass alles fein säuberlich mit Datum, Ort und Namen benannt wurde. Da wäre es auch möglich, dass der Name unseres Mörders auf der Liste aufgeführt war.«

Die drei Beamten gingen hinunter, um auf die Kollegen der Spurensicherung zu warten. Währenddessen schauten sie sich in der Wohnung um. Vor der Wand mit den Fotos verharrte der Kommissar und sah sich das Gesicht von Karstensen genau an. Meistens lächelte er mit einer Arroganz, die die weiteren Personen auf den Fotos immer klein wirken ließ. Seeberg konnte einige Orte direkt zuordnen. Der Eiffelturm im Hintergrund verriet den Entstehungsort des einzigen Fotos mit Michelle Karstensen. Es war wohl ein Foto aus den Anfängen der Beziehung. Daneben folgten einige Aufnahmen mit Prominenten aus Sport und Politik. Die letzte Aufnahme in der Reihe zeigte Karstensen mit Sonnenbrille, cool auf einem Motorrad sitzend vor einem Containerdorf. Dabei imitierte er das Logo, das hinter ihm auf den Containern prangte. Ein brüllender Löwe. Es sollte wohl lustig wirken, doch Seeberg empfand es als lächerlich und pubertär.

»Sie gehen davon aus, dass der Täter weitere Morde verüben wird, nicht wahr?«, fragte Julia Freitag und stellte sich neben den Kommissar mit Blick auf die Fotowand. Sie hatte die Fotos schon einmal gesehen, als sie mit Ammer das erste Mal hier gewesen war.

»Nicht auszuschließen«, antwortete Seeberg.

»Der Mörder muss eine persönliche Motivation besitzen, um solche Morde zu begehen. Wie eine Mission, die er zu erfüllen hat.«

»Damit könnten Sie recht haben, Freitag. Wenn es so sein sollte, haben wir aber ein Problem. Denn ich bin davon überzeugt, dass er dann erst mit dem Töten aufhören wird, wenn auch der letzte Name von seiner Liste gestrichen ist.«

Dann klingelte die Spurensicherung an der Tür, und der Kommissar ging, um sie einzulassen.

22.

Am nächsten Tag war Seeberg noch früher als sonst ins Büro gefahren. Er hatte den ganzen Morgen über telefoniert und alte Kontakte wiederbelebt. Als sein Team eintraf, hatte er die gewünschten Informationen beisammen. Sich damit zu brüsten widerstrebte

130

ihm jedoch, es war nicht sein Stil. Er ließ lieber Fakten und Tatsachen für sich sprechen.

»Ich hab' da was«, sagte er lapidar und legte einige Ausdrucke auf den Tisch vor sich.

»Was ist das?«, fragte Kohler, als er sich die Ausdrucke von Schwarzweißfotos ansah, die von ziemlich schlechter Qualität waren. Man konnte gerade so erkennen, dass ein nackter Mann darauf abgebildet war.

»Das sind Tatortfotos aus England.«

»England? Was hat das mit unserem Fall zu tun?«

»Zunächst nicht viel, dann aber doch eine ganze Menge.«

»Du sprichst in Rätseln, Klaus. Bitte nicht am frühen Morgen, dazu bin ich nicht aufgelegt. Also was hat es mit diesen Bildern hier auf sich?«

»Okay. Ich habe mir die Listen von Ammer nochmal angesehen und habe ein wenig nachgeforscht.«

»Die Liste mit den Händlern der Rafflesia?«

Seeberg nickte. »Ich habe mit einigen alten Bekannten von Europol telefoniert und sie über die Händler ausgequetscht. Ich habe ihnen die Listen der Händler durchgegeben und nachgefragt, ob es irgendwelche Einträge dazu gibt. Ob gegen irgendeine Firma etwas vorliegt oder einer der Besitzer Dreck am Stecken hat.«

»Und?«

»In England gab es einen Treffer in der Datenbank.«

»Die Tommys wieder«, scherzte Freitag.

»Zunächst schien nichts Besonderes dabei zu sein. Doch es stellte sich heraus, dass einer dieser Händler vor genau eineinhalb Jahren Opfer eines Gewaltverbrechens wurde. Ein gewisser Edward Cunningham wurde tot in einem seiner Gewächshäuser aufgefunden. Und zwar in dem Gewächshaus, in dem er die Teufelsblume züchtete.«

»England?«, wunderte sich Kohler. »Was macht unser Täter denn in England?«

»Oh, es wird noch besser, Reinhard. Cunningham wurde mit einundvierzig Messerstichen geradezu hingerichtet, seine Kleider akkurat zusammengelegt und sein Leichnam wies Verletzungen im Analbereich auf. Man fand weder ein Motiv noch einen Verdächtigen.«

Das Team schwieg. Das war die Handschrift ihres Mörders.

Seeberg tippte mit seinem Zeigefinger auf den Stoß Ausdrucke. »Die Kollegen von Scotland Yard haben damals Hilfe bei Europol gesucht. Sie tappten genauso im Dunkeln wie wir und hofften, dass dort vielleicht ein ähnlicher Fall gemeldet worden war.«

Ammer verstand das Problem. »Den gab es aber

nicht. Denn unser erstes Opfer wurde erst später auf identische Weise ermordet.«

»So ist es. Und unsere oberen Stellen haben den Fall Pogatetz auch bis heute noch nicht bei Europol gemeldet, weil nichts auf eine internationale Verstrickung hinwies. Der Fall Pogatetz läuft weiterhin als ganz normaler Raubmord, der nicht aufgeklärt wurde.«

Kohler blies seine Wangen auf und ließ sich in einen der Schreibtischstühle fallen. Er war erfahren genug, um zu wissen, dass er nun eigentlich die zuständigen Stellen informieren musste, dass es sich hier um einen Fall von internationalem Interesse handelte, der über die Kompetenzen des Fuldaer Polizeipräsidiums weit hinausging.

»Was soll ich machen? Bornemann informieren? Das BKA?«

»Dann sind wir den Fall los«, erwiderte Seeberg.

»Aber mit den neuen Erkenntnissen, dass es sich hier vielleicht sogar um eine Art internationalen Pädophilenring handeln könnte, kann ich das nicht lange verheimlichen.«

»Gib uns noch ein wenig Zeit. Nur so viel, bis wir uns sicher sein können, dass es sich nicht um zwei verschiedene Täter handelt und die Opfer in einer Verbindung zueinander stehen. Wir haben das erste Mal eine Spur, Reinhard. Eine richtig gute.«

Nach kurzem Zögern stand Kohler aus seinem Stuhl auf und ging Richtung Tür.

»Vier Tage. Bis zum Ende der Woche. Mehr kann ich nicht machen. Und sieh zu, dass du die Verbindung findest.«

»Danke, Reinhard.«

Kohler nickte. »Sieh zu, dass wir den Kerl finden. Und zwar schnell. Das wäre für uns alle das Beste. Ich muss jetzt zu Bornemann und ihm Bericht erstatten, dass wir weiter im Dunkeln tappen.«

»Ich weiß.«

»Ach, und noch was. Du hast in einer halbe Stunde einen Termin bei Frau Doktor Hellmich.«

Seeberg verdrehte seine Augen. »Soll ich mich jetzt dafür bedanken?«

Die Tür schloss sich hinter Kohler, und Seeberg sah seine beiden jungen Kollegen an.

»Was ist? Los, ran an die Arbeit!«

»Ja, schon gut. Aber wo fangen wir an?«, fragte Freitag.

»Sie haken bei den Kollegen nach, ob irgendetwas Verwertbares im Haus der Karstensens sichergestellt werden konnte. Dinge, die entweder auf eine Verbindung zu Pogatetz und Cunningham hindeuten oder auf eine pädophile Neigung. Der Mann wird ja mehr als nur einen Rechner benutzt haben. Besorgen Sie sich auch den alten Arbeitscomputer aus seinem Büro und holen Sie sich Unterstützung von einem Experten für Internet und Datensicherung. Vielleicht haben wir Glück, und man kann etwas finden, was bereits gelöscht wurde.«

»Okay.«

»Wie gut ist Ihr Englisch, Ammer?«

»Geht so, warum?«

»Weil Sie sich mit den Kollegen von Scotland Yard und des Verbindungsbeamten von Europol in Verbindung setzen werden. Versuchen Sie aber das BKA rauszuhalten. Finden Sie heraus, woher genau Cunningham seine Pflanzen bezog und ob es da Auffälligkeiten gab. Ist er vielleicht in Thailand vorbestraft? Gibt es Gerüchte über ihn und seinen Lebenswandel in England, die auf das Pädophilenmilieu hindeuten? Irgendeinen verdammten Hinweis muss es geben.«

23.

Das Büro der Polizeipsychologin war genauso lieblos eingerichtet wie all die anderen Räumlichkeiten des Polizeipräsidiums. Vielleicht sollte aber auch nur nichts im Raum ablenken. Doch gerade das widerstrebte dem Kommissar. Er wollte seine Gedanken und Gefühle mit niemandem teilen. Schon gar nicht mit einer Psychologin, die er lediglich vom Grüßen aus der Kantine kannte. Nicht, dass er etwas gegen sie hätte. Franziska Hellmich machte immer einen höflichen und kollegialen Eindruck. Dazu war sie eine attraktive Frau und wohl eine der Mitarbeiterinnen, über die die Kollegen bevorzugt, anzügliche Bemerkungen machten. Sie war eine ruhige Person, die keinesfalls den Anschein erweckte, dass sie ihren Patienten in irgendeiner Art und Weise auf die Pelle rücken würde, um ihnen um jeden Preis zu helfen. Stattdessen schaffte sie allein durch ihre Aura eine angenehme Stimmung. Sie hatte Seeberg eine Tasse Kaffee eingegossen und ihm gegenüber Platz genommen.

Das Gespräch begann daher auch wie ein Plausch unter Kollegen, die sich seit langer Zeit nicht mehr gesehen hatten. Nach fünf Minuten wechselte jedoch die Ansprache, und Doktor Hellmich schob ihre Kaffeetasse zur Seite. Sie nahm sich einen Kugelschreiber und notierte etwas auf einem Block. Dann faltete sie ihre Hände und beugte sich zum Kommissar.

»Nun, Herr Seeberg, ich möchte gar nicht groß drum herum reden. Sie wissen, warum Sie hier sind. Mich würde interessieren, wie Sie sich selbst einschätzen. Denken Sie, dass Sie wieder fit genug für den Diensteinsatz sind?«

Er zuckte mit den Schultern. »Wie kann man das wissen? Ist der junge Kollege, der gerade Vater geworden ist, konzentriert genug, um seinen Dienst zu leisten?«

»Ich denke, dass man das nicht vergleichen kann, Herr Seeberg.« Sie legte eine wirkungsvolle Pause ein und beobachtete ihn, bevor sie mit ihren Fragen fortfuhr. »Haben Sie suizidale Gedanken?«

»Nach so einem Vorfall stellt man sich gewisse Fragen nach dem Sinn des Lebens. Auch nach dem weiteren Sinn des eigenen Lebens.«

»Nehmen Sie Medikamente?«

»Nein«, log er. »Mein Hausarzt hat mir anfänglich ein wenig Baldrian gegeben. Das hat genügt.«

»Und Ihr Alltag reguliert sich allmählich wieder?«

»Wenn Sie damit meinen, ob ich morgens aufstehe und denke: Mensch, Klaus, das war alles doch gar nicht so schlimm. Und jetzt nichts wie ins Büro zur Arbeit … muss ich Sie enttäuschen. Nein, dieses Gefühl habe ich nicht. Und ich kann mir auch ehrlich gesagt nicht vorstellen, dass es jemals wiederkehren wird.«

Die Psychologin schwieg einen Moment.

»Das hätte ich Ihnen auch nicht abgenommen. Und ich kann Ihnen nur anbieten, jederzeit zu mir zu kommen, um über den Verlust, den sie erleben mussten, zu sprechen. Aber für den Apparat der Kriminalpolizei ist es erst einmal nur von Relevanz, ob Sie dem Druck ihrer täglichen Arbeit standhalten können.«

»Ich mache meinen Job.«

»Schon, aber Sie sind kein Bäcker oder Bankier. Es geht bei ihrem Beruf darum, Verbrecher und Mörder zu verhaften. Die Gesellschaft kann es sich nicht erlauben, dass auch nur ein einziger frei herumläuft, nur weil die Polizei einen Fehler gemacht hat.«

Natürlich weiß ich das auch, dachte er. Und wenn er ganz ehrlich war, hatte er keine Antwort auf die Frage der Psychologin. Doch er wollte diesen Fall lösen. Das war ihm in den letzten Tagen klargeworden.

»Wissen Sie, Frau Doktor Hellmich. Ich habe eines in all den Jahren gelernt. Man kann sich auf noch so viele Situationen durch theoretisches Training vorbereiten. Aber den Instinkt hat man, oder man hat ihn nicht. Und wenn man ihn hat, kann man ihn auch nicht mehr ausstellen. Selbst wenn man es gerne möchte. Er ist angeboren wie die eigene Stimme oder die Augenfarbe.«

»Interessant.« Frau Doktor Hellmich notierte erneut etwas auf dem Schreibblock vor ihr. Seeberg beobachtete sie dabei. Sie hatte schöne Hände. Er schüttelte den Gedanken rasch ab. »Und wie sieht es mit dem Druck der Öffentlichkeit aus? Ich brauche Ihnen nicht zu erklären, was los ist, wenn Sie versagen und Informationen an die Öffentlichkeit gelangen, dass man eventuell auf einen labilen Beamten gesetzt hat. Man würde die Schuld auf Sie schieben.«

138

Seeberg war sich nicht sicher, warum sie versuchte, ihn zu provozieren. War es ein besonderer Test oder die normale Arbeit einer Psychologin? Er entschied sich, ruhig zu bleiben.

»Nein, das brauchen Sie nicht zu erklären. Ebensowenig, wie ich Ihnen wohl nicht erklären muss, dass das in meiner Lebenssituation meine geringste Angst darstellt. Was soll mir die Presse schon nehmen? Meine Privatsphäre? Meinen Stolz? Mein Ego? Denken Sie wirklich, dass mir das noch wichtig ist?«

»Wohl kaum.«

»Hören Sie, ich weiß, warum ich hier bin und auf was ich mich da einlasse. Es ist nicht nur, weil ich den Fall, an dem wir gerade arbeiten, am besten kenne. Nein. Es geht auch darum, dass man in mir ein Bauernopfer hat, wenn man scheitert.«

»Was meinen Sie damit?« Sie zögerte und verengte ihre Augen.

»Sie kennen die Hierarchien hier im Haus, Frau Hellmich. Bornemann hat das gut eingefädelt. Er kann nur gewinnen. Schaffen wir es, den Täter zu finden, ist er der gefeierte Mann, der die Courage hatte, mich zurückzuholen. Scheitern wir, wird er Kohler frühzeitig in Rente schicken und mich umgehend entlassen. Damit ist er mich dann endgültig los. Ich bin mir nicht einmal sicher, welche der genannten

Optionen ihm lieber ist. Er spielt dieses Spiel ziemlich gut, nicht wahr?«

Hellmich konnte sich ein Lächeln nicht verkneifen. Auch in ihrem Ansehen schien der zweitoberste Beamte keine besondere Stellung zu genießen.

»Darüber kann ich mir kein Urteil erlauben.«

»Natürlich nicht.« Auch Seeberg schmunzelte. Es war das erste Mal seit langer Zeit, dass er das gerne tat. »Aber Sie sehen: Ich habe nichts zu verlieren. Ich will keine Karriere machen, und ich habe auch sonst keine Ambitionen mehr. Das macht mich zum perfekten Jäger unseres Täters.«

»Ja«, pflichtete Hellmich bei. »Aber es macht Sie nicht nur für den Täter unberechenbar und gefährlich. Wir benötigen keinen schießwütigen Sheriff, sondern einen möglichst abgeklärten Ermittler mit wachem Verstand.«

»Das müssen Sie entscheiden.« Der Kommissar ließ die Psychologin nicht aus den Augen. »Denken Sie, dass ich ein Psychopath bin, der in der nächstbesten Situation seine Waffe zieht und wild um sich ballert und Zivilisten gefährdet? Oder bin ich einfach nur ein gebrochener Mann, dessen Tochter ermordet wurde, aber der noch immer den intakten Instinkt besitzt, um einen Serienmörder zu fassen?«

Die Psychologin sah Seeberg lange an und hielt seinem Blick stand. Unter anderen Umständen hätte man vermuten können, dass die beiden miteinander flirten würden. Schließlich gab sie dem Blick nach, legte den Stift zur Seite und lehnte sich in ihrem Schreibtischstuhl zurück. Dann lächelte sie wissend, als hätte sie tatsächlich etwas in ihm erkannt.

»Danke, dass Sie auf einen Kaffee vorbeigekommen sind, Herr Seeberg. Ich möchte Sie nun nicht länger von ihrer Arbeit abhalten.«

»Das war's?« Der Kommissar war überrascht, wie einfach es letztendlich gewesen war, die Psychologin davon zu überzeugen, dass er dienstfähig war.

»Nun, Sie machen mir keinen verstörten Eindruck. Aber ich möchte Sie dennoch regelmäßig sehen.« Die Psychologin schob ihm ihre Visitenkarte über den Tisch. »Ich möchte, dass wir uns in fünf Wochen für einen neuen Termin wiedersehen. Rufen Sie mich an.«

Seeberg nickte, steckte die Karte ein und verließ das Büro der Psychologin. Kaum, dass er das Ende des Gangs erreicht hatte, warf er die Karte in einen Mülleimer.

»Fünf Wochen«, sagte er lächelnd vor sich hin. »In fünf Wochen brauche ich keinen Termin mehr. Dann bin ich längst bei meiner Tochter.«

24.

Als der Kommissar wieder zurück im Büro war, konnte Ammer seine Ungeduld kaum mehr verbergen. Er schabte mit den Füßen unruhig über den Linoleumboden, wie ein kleiner Junge, der nach dem Essen darauf wartete, endlich hinaus zu seinen Freunden spielen gehen zu dürfen. Man konnte ihm ansehen, dass er etwas herausgefunden hatte. Aber er hatte sich an die Absprache gehalten und niemandem außer dem Team seine Informationen mitgeteilt.

»Und?«, fragte Julia Freitag neugierig.

»Was und?«, keifte Seeberg sie an.

»Wie war das Gespräch?«

»Wir haben lediglich Kaffee getrunken und uns unterhalten.«

»Ich meine, ob Sie wieder dienstfähig sind.«

»Ach so. Ja, ich denke schon. Zumindest hat sie mir nichts anderes gesagt.«

»Gratuliere.«

Der Kommissar machte eine abfällige Handbewegung, als sei ihm das nicht wirklich wichtig, und setzte sich an seinen Schreibtisch. Viel mehr interessierte ihn, was seine Kollegen in der Zwischenzeit herausgefunden hatten.

»Erzählen Sie mir lieber, ob die Kollegen im Hause

Karstensen noch irgendwas Verwertbares herausgefunden haben.«

Freitag blies ihre Wangen auf und wühlte in einem Stoß Formulare. Nach kurzem Suchen zog sie eines der zahlreichen Blätter heraus.

»Also, wie wir vermutet haben, war der Laptop nicht mehr zu finden. Auch ansonsten befanden sich im Haus keine besonders relevanten Gegenstände oder Beweismittel, die uns weiterhelfen würden. Weder auf anderen Computern noch in irgendwelchen Unterlagen. Es scheint alles sauber zu sein. Möglicherweise hat er auch noch irgendwo ein Zimmer angemietet oder ein Atelier oder was weiß ich. ... wir überprüfen das gerade. Aber bisher leider alles Fehlanzeige.«

»Verdammt. Gar nichts?«

»Tut mir leid. Das BKA blockt unsere Anfrage ab, dort Einsicht in die Computer zu erhalten. War ja klar.«

»Die Spur ist gut, das spüre ich ...« Der Kommissar kratzte seinen Bart und schüttelte dabei enttäuscht seinen Kopf. »Ammer? Sagen Sie mir wenigstens, dass Sie etwas herausgefunden haben. Ich benötige ein Erfolgserlebnis.«

»Ja, Herr Seeberg, ich denke, ich habe da tatsächlich etwas. Die Kollegen von Scotland Yard waren sehr interessiert an unserem Fall. Es scheint sich tatsächlich um denselben Täter zu handeln. Aber nicht nur deswegen.«

»Sondern?«

»Weil Cunningham kein unbeschriebenes Blatt ist. Er hat ein Vorstrafenregister, das so lang wie die Themse ist. Unser Mister Cunningham war vorbestraft wegen Verstoßes gegen das Betäubungsmittelgesetz, Hehlerei und wegen Anstiftung zur Prostitution.«

»Ziemlich bunter Lebenswandel für einen Blumenhändler.«

»Die Kollegen waren ihm schon länger auf der Spur. Er betrieb seinen Blumenhandel Import/Export als Deckmantel für allerlei Hehlerei. Dabei verschiffte er in seinen Pflanzencontainern Drogen aus Kambodscha und Thailand nach Großbritannien und Europa, bis die Polizei ihm endlich auf die Schliche kam. Wegen dieser Pflanzen schlugen die Spürhunde des Zolls nicht an. Das Zeug stank einfach so erbärmlich, dass es jeden anderen Geruch überlagerte.«

»Okay. Aber gibt es Hinweise darauf, dass er etwas mit unseren Fällen hier in Deutschland zu tun hat? Hängen Pogatetz und Karstensen da mit drin? Drogenhandel?«

»Die Namen sagten den Kollegen von Scotland Yard nichts. Aber zumindest scheint es möglich, dass sich die drei dort getroffen haben. Cunningham unterhielt eine Gärtnerei im Süden Thailands und war auch zu der Zeit dort, als unsere beiden Opfer vor Ort waren.«

»Im Süden Thailands«, dachte der Kommissar laut nach. »Das liegt doch ganz in der Nähe, wo unsere beiden Männer stationiert waren, oder?«

»So ist es.«

»Was ist aus Cunningham geworden? Hat er eingesessen?«

»Ja, das hat er. Nachdem man ihm den Drogenhandel nachgewiesen hatte, bekam er sechs Jahre, wurde allerdings wegen guter Führung bereits nach viereinhalb Jahren aus der Haft entlassen. Seine Firma war in der Zwischenzeit bankrottgegangen, und er versuchte seinen Blumenhandel wieder aufleben zu lassen, als er umgebracht wurde.«

»Er wurde in seinem Gewächshaus ermordet aufgefunden?«

»Ja.«

»Das sieht nicht nach Zufall aus, oder?«

»Nein.«

»Die englischen Kollegen vermuten, dass es ein Mord unter alten Geschäftsfreunden der organisierten Kriminalität war. Mafiaähnliche Strukturen … Die Leute gehen besonders in Asien rigoros gegen schwarze Schafe vor. Cunningham hatte wohl einigen gewaltig auf die Füße getreten und eine Menge Geld aus den Drogengeschäften unterschlagen.«

»Gut. Dann müssen wir jetzt die Verbindung zu Pogatetz und Karstensen herstellen. Waren die beiden denn länger in Thailand als während ihres Einsatzes nach der Flutkatastrophe?«

Freitag wühlte wieder in ihren Unterlagen. »Nein. Beide waren nur wenige Wochen vor Ort. Karstensen war noch zweimal zum Urlaub in Thailand, allerdings einige Zeit später und nur für jeweils eine Woche. Pogatetz war nie wieder in Thailand.«

»Da kann man doch kein Drogennetz aufbauen. So Leute wie Cunningham können das. Die eine Firma nutzen, um ihre Geschäfte zu tarnen, und immer wieder vor Ort sind. Aber doch nicht ein Bundeswehroffizier und ein Arzt.«

Alle ließen die Frage sacken und machten sich ihre Gedanken. Seeberg brachte einen weiteren Gedanken ein, den sie bisher noch nicht beleuchtet hatten.

»Und was hat es mit der Prostitution auf sich? Das klingt für mich schlüssiger und geht in unsere Richtung.«

Ammer suchte in seinen Unterlagen nach einer Erklärung dafür, fand aber nur wenige Informationen dazu.

»Das muss wohl in Thailand und nicht in England

gewesen sein. Jedenfalls ist er nicht in England dafür angeklagt worden, sondern in Thailand.«

»Dann sollten wir da vielleicht noch mal nachfassen.«

»Prostitution in Thailand? Ich weiß nicht, Klaus.« Kohler schien nicht sehr überzeugt davon zu sein, dass diese Spur etwas bringen würde. »Denkst du wirklich, dass wir da wahnsinnige Erkenntnisse finden?«

»Wer weiß.«

»Wahrscheinlich ist er dort einer der vielen kleinen Zuhälter gewesen, die ein paar Mädels auf den Straßen Pattayas laufen haben. Aber okay, wir checken das.«

»Vielleicht steckt ja auch eine verschmähte Liebhaberin dahinter, vielleicht eine Exfreundin, vielleicht aber auch nur eine ehemalige Prostituierte, die auf Rache sinnt. Oder ihr Zuhälter.«

»Vielleicht.« Ammer nickte eifrig. Seine Nervosität schien sich immer noch nicht gelegt zu haben. Es gab also noch eine weitere Information. »Was ist hier los? Ihr verschweigt mir doch irgendwas. Reinhard nun sag schon!«

»Wir haben noch was anderes gefunden. Wir haben die Kreditkartenabrechnungen von Karstensens Konten checken lassen. Eine Sache ist uns dabei aufgefallen. Es gab regelmäßige Abbuchungen eines Escort-Service namens Paradies.«

»Er hat Nutten bestellt. Na und? Das wussten wir doch schon von seiner Frau.«

»Aber wir haben den Escort-Service genauer unter die Lupe genommen. Und wenn sich die Spur bestätigt, haben wir vielleicht unseren Täter.«

»Na, das ist doch eine prima Nachricht.«

»Wie man es nimmt. Rate mal, wer der Geschäftsführer des Unternehmens ist.«

Kohler kam zu Seeberg herüber und reichte ihm einen Auszug aus dem Handelsregister. Darauf stand nicht nur die Adresse des Unternehmens, sondern auch, wer als Geschäftsführer eingetragen war. Seeberg blickte auf. Als der Kommissar den Namen auf dem Papier las, durchfuhr ihn eine Welle von Zorn und Wut. Er versuchte sich zu kontrollieren und klar zu denken. Als er antwortete und seine Jacke nahm, sprach er mit mühsam beherrschter Stimme.

»Natürlich, das ergibt einen Sinn. Aber dass er ein Mörder ist …«

»Es ist besser, wenn ich mitkomme, Klaus.«

»Nein« wehrte Seeberg ab. »Das muss ich allein erledigen.«

25.

Schnaubend nahm Seeberg die letzten Stufen zur Tür
hinauf. Er hätte es sich denken können, doch er hatte
sich einlullen und abschrecken lassen. Wahrscheinlich
hatte es daran gelegen, dass sein Verstand bei seinem
letzten Besuch von Wut und alten Erinnerungen ge-
trübt worden war. Diesmal würde er sich nicht mehr
belügen und abwimmeln lassen. Er klingelte, wartete
aber gar nicht erst auf Antwort, sondern hämmerte
sogleich einige Male mit seiner Faust gegen die Tür.

»Aufmachen!«

Hinter der Tür näherten sich Schritte. Kurz darauf
wurde die Tür einen Spalt breit geöffnet. Jedoch versperrte eine Kette den weiteren Eintritt zur Wohnung.

»Was willst du, Klaus? Du bist hier nicht mehr willkommen.«

»Das interessiert mich einen Scheiß. Mach jetzt die
Tür auf, oder ich trete sie ein.«

Jan-Philip Pfeifer schüttelte den Kopf. »Das wirst
du mal schön bleiben lassen, sonst zeige ich dich wegen Hausfriedensbruch an.«

Seeberg lachte auf. »Ja, das passt zu dir. Schön die
Kollegen auflaufen lassen. Das konntest du ja schon
immer wie kein Zweiter.«

»Hau ab, Klaus, und lass mich in Ruhe.«

Pfeifer machte Anstalten, die Tür wieder zu schließen. Doch Seeberg zögerte keinen Augenblick und warf sich gegen die Tür. Mit einem lauten Scheppern flog die Kette aus dem Türrahmen, und beide Männer fielen zu Boden. Der Kommissar hatte den Überraschungseffekt auf seiner Seite und packte Pfeifer am Kragen. Er zog ihn wieder nach oben und presste ihn gegen die Wand. Pfeifer wehrte sich nach Kräften und stieß seinerseits wiederum den Kommissar so heftig er konnte gegen die Wand. Ein Bild fiel krachend zu Boden. Scherben verteilten sich über den Parkettboden des Flurs.

»Himmel, was ist denn hier los?« Malee Pfeifer stand starr vor Schreck im Flur und blickte auf die zwei Männer auf dem Boden vor sich.

»Ruf die Polizei. Los.«

Obwohl Pfeifer die Oberhand zu gewinnen schien, ließ der Kommissar nicht von ihm ab.

»Was hast du mit Karstensen zu tun gehabt? Und erzähl mir jetzt bloß keinen Scheiß.«

»Du kannst mich mal, Klaus.«

»Wir wissen, dass er dir immer wieder per Kreditkarte Geld überwiesen hat.«

»Was?« Die Überraschung klang erstaunlich aufrichtig. »Das ist doch Blödsinn.«

»Blödsinn? So würde ich das nicht bezeichnen. Was sagt dir die Agentur Paradies?«

Pfeifer schien dieser Name tatsächlich etwas zu sagen, zumindest wich er von Seeberg zurück. Dann ließen sie voneinander ab und sackten schwer atmend nebeneinander zu Boden.

»Wie habt ihr das rausbekommen?«, fragte Pfeifer, nachdem er zu Atem gekommen war.

»Wir haben seine Kreditkartenabrechnung überprüft.«

»Das kann nicht sein.«

»Wir haben es schwarz auf weiß. Du steckst hinter dieser Agentur.«

»Ja, schon. Aber es ist nicht so, wie du denkst, Klaus.«

»Natürlich nicht.« Die Stimme des Kommissars klang sarkastisch. »Also, um was für eine Agentur handelt es sich da?«

Pfeifer deutete in den verwüsteten Flur. »Schau dich um. Das ganze Geld, die Gemälde und die Wohnung – das ist nicht dadurch zustande gekommen, dass ich uns damals verpfiffen habe.«

»Ach, jetzt wird's interessant. Rückst du jetzt also endlich raus mit der Wahrheit?«

»Ich hatte Malee damals kennengelernt. Sie …« Pfeifer stockte und sah zu seiner Frau.

»Weiter.«

»Nein, das kann ich nicht.«

»Ich arbeitete als Callgirl.«

Malee Pfeifer schaute auf die zwei am Boden sitzenden Männer.

»Was?«

»Ja, Klaus. Du hast richtig verstanden.« Sie näherte sich den beiden Männern und ließ sich an der Wand gegenüber langsam auf den Parkettboden gleiten. »Ich arbeitete damals als Callgirl. Jan wollte mich da rausholen.«

»Ja«, stimmte ihr Mann zu. »Aber das konnte ich damals doch nicht herausposaunen. Ich zahlte ihrem Zuhälter 30 000 Euro, wenn er sie endlich in Ruhe lassen würde. Er war einverstanden, wenn sie nicht irgendwo anders diesem Job nachgehen würde. Ich versprach es ihm, doch das Geld ist uns schneller durch die Hände geflossen, als wir dachten. Also machte Malee den Vorschlag, dass sie mit zwei, drei Mädels eine eigene Agentur gründen könne.«

»Und das habt ihr dann auch gemacht.«

»Wir gründeten die Agentur Paradies. Malee regelt seither alles Geschäftliche. Ich stehe nur mit dem Namen auf dem Papier, da sie in dem Milieu nicht mehr in Erscheinung treten darf. Wenn das der Ex-Zuhälter mitbekommt, sind wir geliefert. Daher die Heimlichtuerei.«

Der Kommissar strich sich über seinen rauen Bart. »Und wie kam es dazu, dass Karstensen Kunde von euch wurde?«

»Ich schwöre es dir, Klaus. Ich habe keine Ahnung, dass Ferdi unsere Mädels gebucht hat. Das ist das Erste, was ich höre. Er hat mich auch nie darauf angesprochen.«

»Jan, wenn du mich anlügst, dann …«

»Warum sollte ich lügen? Jetzt ist es doch eh raus. Und unsere Freundschaft ist eh nicht mehr zu retten.«

Seeberg wartete einen Moment und dachte nach. »Seine Frau meinte, dass er des Öfteren mit seinen Kumpels Sexpartys gefeiert hat. Warst du da auch dabei?«

Pfeifer sah zu seiner Frau, die ihn kritisch ansah. »Nein, natürlich nicht. Ich wusste, dass er gerne wilde Partys feiert. Mit jungen Frauen und dass er Prostituierte einlud. Auch mich hat er immer wieder gefragt, ob ich nicht mal vorbeikommen wollte. Ich habe mich da aber immer ferngehalten. Es wäre nicht gut für mich gewesen, wenn mich eine der Frauen auf so einer Sexparty erkannt hätte. Man kennt sich in dem Milieu. Die hätten mich sofort verpfiffen, und ich wäre meinen Job bei der Polizei losgewesen. Und der Ex-Zuhälter hätte auch am nächsten Tag auf der Matte gestanden.«

»Ich möchte mit dem Mädel sprechen, das Karstensen gebucht hat.«

Pfeifer nickte. »Okay, ich kümmere mich drum.

Aber bitte behandle das Ganze diskret. Wenn das rauskommt, bin ich meinen Job los.«

»Wenn es vor Gericht kommen sollte, muss ich Ross und Reiter nennen, das weißt du.«

26.

Sein Wagen fuhr wie auf Schienen durch den engen Stadtverkehr. Es war Freitagnachmittag, die meisten der PKW klebten mit ihren Stoßstangen aneinander, als würde es sich um eine einzige metallische Masse handeln. Im Feierabendverkehr war es wahrlich kein Vergnügen, in die Innenstadt zu gelangen. Alle wirkten gereizt bei dem Regen, der nicht aufhören wollte. Seeberg schaute hinaus zum Straßenrand neben dem Busbahnhof, wo sich am Fahrbahnrand Rinnsale zu den Gullys schlängelten. Die Ampel schaltete auf Rot, und der Kommissar hielt an. Dann drehte er die Seitenscheibe einen Spalt breit herunter und ließ einige Regentropfen auf seine ausgestreckte Hand prasseln. Er spürte die Feuchtigkeit auf seiner Haut und verrieb sie zwischen seinen Fingern. Im gleichen Moment bauten sich wieder Bilder in seinem Kopf auf. Wie er das erste Mal nach der Beerdigung im Kinderzimmer von Laura auf und ab ging, ihre Kleider, die überall verstreut im Zimmer lagen, aufräumte und überall noch ihr Geruch in der Luft lag. Dann saugte er den Teppichboden, legte die Kleidung ordentlich zusammen und strich Bettdecke und Kopfkissen glatt. Im Bad packte er ihre Sachen in eine Plastiktüte. Zahnbürste, Kamm und auch den Lipgloss mit Erdbeergeschmack, den sie so liebte und über den sie sich einmal gestritten hatten, da er meinte, dass sie noch zu jung sei, um sich zu schminken. Sie hatte nur gelächelt und erklärt, dass dies lediglich ein Fettstift gegen spröde Lippen sei und sie den Geschmack so sehr möge. Seeberg nahm den Stift wieder aus der Plastiktüte heraus und drehte den Lipgloss so weit heraus, wie es Laura immer getan hatte. Dann strich er sich damit über den Handrücken und führte die Hand zum Mund. Er schmeckte die fruchtige Note von Erdbeeren und sank vor dem Badspiegel zu Boden. Am nächsten Tag hatte er alle Kleider und Gegenstände von Laura auf einem Grillplatz außerhalb der Stadt verbrannt.

»He, schlafen Sie dort vorn?«

Seeberg zuckte in seinem Wagen zusammen. Hinter ihm hupte es, der Fahrer lehnte halb aus dem Fenster. Wild gestikulierend forderte er Seeberg auf, endlich weiterzufahren. Der Kommissar hob entschuldigend die Hand und zog sie wieder ins Innere des Wagens. Als er ein paar Meter zurückgelegt hatte, forderte der dichte Verkehr jedoch bereits den nächsten Stopp. Der Kommissar sah auf seine Hand, dann führte er sie zu seinem Mund.

Nur kalter Regen.

Geschmacksneutraler, kalter Regen.

»Sind Sie Nancy?«

Seeberg hatte sich die Prostituierte anders vorgestellt. Verlebter, mit schlechten Manieren und übellaunig. Doch vor ihm saß eine attraktive Frau, Mitte zwanzig, dunkelhaarig, mit gepflegtem Äußeren und angenehmen Umgangsformen. Malee Pfeifer hatte herausgefunden, dass Nancy, eine ihrer verlässlichsten und beliebtesten Mitarbeiterinnen, öfter in die Villa von Karstensen bestellt worden war. Der Kommissar hatte umgehend ein Treffen mit dem Callgirl ausgemacht und stand nun vor ihr an einem Tisch im Café Wess, unweit des Doms. Die Frau wärmte ihre Hände an einer Tasse Kaffee, als Seeberg neben ihr aufgetaucht war und sie angesprochen hatte.

»Ja. Die bin ich.«

Nancy erhob sich, reichte dem Kommissar höflich die Hand und deutete auf den freien Stuhl ihr gegenüber. »Nehmen Sie doch bitte Platz.«

»Danke.«

»Furchtbares Wetter, nicht wahr?«

Der Kommissar nickte und zog sich den Stuhl zurück. »Man könnte meinen, dass die Sonne gar nicht mehr über dieser Stadt aufgehen möchte.«

»Ich kann mich gar nicht mehr daran erinnern, wie es ist, wenn es warm und hell ist.« Sie blies in ihre Kaffeetasse und nippte kurz daran. »Sie sagten, dass Sie von der Polizei sind und ein paar Fragen zu meinen Kunden haben.«

»So ist es. Wir ermitteln im Mordfall Karstensen.«

Die junge Frau zog ihre Stirn kraus. »Ich habe davon gehört. Eine schlimme Sache.«

»Vielleicht können Sie uns dabei helfen, den Fall aufzuklären.«

»Ich?«

»Bestreiten Sie etwa, das Opfer gekannt zu haben?«

Nancy zögerte. »Ist das ein Verhör, und muss ich noch weitere Namen meiner Kunden preisgeben? Dann würde ich nämlich vorher gerne mit meinem Anwalt darüber sprechen.«

»Das ist natürlich Ihr gutes Recht. Aber mir geht es eigentlich nicht um Ihre Tätigkeit. Es geht mir nur um Ihr letztes Treffen vor einigen Tagen. Da waren Sie doch zu Gast in der Villa Karstensen, nicht wahr?«

Erneut zögerte die junge Frau. »Versprechen Sie mir, dass das, was wir besprechen, unter uns bleibt? Ich möchte nicht vor Gericht aussagen müssen.«

»Das kann ich Ihnen nicht versprechen. Aber ich kann Ihnen zusagen, dass unser Treffen hier nichts weiter als ein Gespräch ist.«

»Also gut.«

»Nancy, ich darf Sie doch so nennen?«

»Gerne. So nennen mich schließlich alle.« Nancy lächelte über den Rand ihrer Kaffeetasse, wo sich sogleich ein Lippenstiftrand abzeichnete.

»Sie waren also öfter in der Villa Karstensen.«

»Gelegentlich. Aber wir trafen uns nicht nur dort. Manchmal begegneten wir uns in Hotels oder in meinem Apartment in der Innenstadt, wo ich viele meiner Kunden treffe.«

»Wo ist das genau?«

»In der Heinrichstraße. Sie kennen die Hochhäuser dort? Es ist sehr zentral und wunderbar anonym.« Die junge Dame griff in ihre Handtasche und überreichte dem Kommissar eine Visitenkarte von sich. »Ich hoffe zwar, dass wir uns nicht mehr unterhalten müssen, aber falls doch, dann kontaktieren Sie mich bitte über diese Handynummer.«

Neben der Nummer standen ihr Name, die Adresse des Apartments mit der Hausnummer 60 und der Hinweis auf der Karte, dass Termine nur nach vorheriger Absprache erfolgten.

»Danke.« Seeberg steckte die Karte ein. »Wie oft fanden diese Treffen statt?«

Die junge Frau trank einen Schluck Kaffee und überlegte. »So zwei- bis dreimal im Monat.«

»Verliefen die Treffen irgendwie sonderbar?«

»Was meinen Sie?«

»Naja, wurden vielleicht bestimmte Praktiken verlangt, die ungewöhnlich waren? Dinge, die Sie befremdlich fanden?«

Nancy kicherte.

»Was ist daran so lustig?«

»Sie haben ja keine Ahnung, was Kunden alles für Phantasien und Wünsche haben. Ich bin zwar noch jung, aber schon lange genug in dem Business tätig, dass mir nichts mehr merkwürdig vorkommt.«

»Verstehe. Also gab es während der Treffen außergewöhnliche Praktiken?«

»Ein wenig dominante Spiele, aber nichts wirklich Schlimmes.«

»Dominante Spiele«, wiederholte Seeberg. »Kommen wir zum letzten Treffen. War da irgendwie etwas seltsam? Ging der Sex an diesem Tag vielleicht sogar in den Bereich von pädophilen Phantasien?«

»Pädophile Phantasien? Nein, bestimmt nicht. Die Treffen verliefen meistens sehr ruhig und angenehm.«

Den Kommissar wunderte das. Nach den Erzählungen von Ammer und Freitag hatte Michelle Karstensen da andere Äußerungen zu gemacht. Hatte sie nicht sogar behauptet, dass jeder Sex mit ihrem Mann einer Vergewaltigung glich?

»Sie wirken überrascht, Herr Kommissar.«

»Ja, in der Tat. Ich hatte etwas anderes erwartet. Unsere Hinweise zielten eher darauf ab, dass Ferdinand Karstensen eher den harten, rabiaten Sex bevorzugte. Ruhig und angenehm passt da nicht in unser Bild.«

»Ferdinand Karstensen?«, wunderte sich Nancy.

»Ja. Ihr Freier.«

Das Callgirl lächelte den Kommissar überrascht an. Dann schüttelte sie vehement ihre dunkle Mähne.

»Ich glaube, da liegt ein Missverständnis vor. Herr Karstensen war nie Kunde von mir.«

»Aber Sie sagten doch, dass sie öfter im Haus der Karstensens zu Gast waren.«

»Ja, schon. Aber nicht Herr Karstensen war mein Kunde, sondern seine Frau.«

»Was?«

»Ich dachte, es ginge hier um sie.«

»Michelle Karstensen?«

»Ja. Ganz genau.« Nancy umschloss wieder die wärmende Tasse mit beiden Händen. »Sie stand seit Jahren nicht mehr auf Männer. Sie sagte einmal zu mir, dass Männer ihr zu rabiat seien und sie in ihrer

Ehe nur Ekel am Sex empfunden habe. Daher zog sie es vor, Sex mit Frauen zu haben. Sie stand auf Frauen. Wussten Sie das nicht?«

»Nein, das wusste ich nicht. Aber es erklärt einiges.«

27.

Die Gedanken ließen ihn nicht los. Er hatte geschlafen, nur wie lange, war ihm nicht klar. Drei Stunden? Vier? Er fühlte sich jedenfalls nicht ausgeschlafen. Er ging ins Bad und hielt seinen Kopf unter kaltes Wasser. Dann saß er im Wohnzimmer und starrte zu Boden. Neben ihm eine Flasche Bier und ein Sammelsurium an Tabletten. Er atmete flach, sein Herz schlug normal, nur sein Geist war entrückt. Kohler hatte ihm vor vielen Jahren einmal gesagt, dass er ihn um diese Gabe beneide. Alles abstellen und sich in das Opfer oder den möglichen Täter versetzen zu können. Seeberg selbst empfand es vielmehr als Fluch. Denn er konnte die Schmerzen und Ängste der Opfer beinahe tatsächlich nachfühlen. Ohne dass er es steuern oder beeinflussen konnte, nahmen diese Situationen Besitz von ihm. Wie ein böser Geist strömten sie in ihn und breiteten sich dort aus. Auch jetzt war es wieder so. Bilder zeigten sich ihm mit einer rasenden Geschwindigkeit.

Pogatetz, wie er in seiner blutverschmierten Uniform den vielen Verletzten des Tsunami versucht zu helfen.

Karstensen, der mit Mundschutz um Leichenberge herumläuft und seiner Aufgabe nachgeht, Menschen zu identifizieren.

Michelle Karstensen im Liebesspiel mit der hübschen Nancy.

Und Cunningham. Er ist auch da. Er sitzt allerdings nur am Rande des Szenarios. Er lächelt. Er lächelt und wartet. Aber auf was?

Die Gedanken und Bilder überschlugen sich, und der Kommissar hielt sich seine Hände an die Schläfen, um die Schmerzen auszuhalten. Er versuchte, alles zusammenzubringen, und zermarterte sich den Kopf. Es war zum Verrücktwerden. Irgendjemand musste Informationen besitzen, die ihn weiterbringen würden. Die Akten der Bundeswehr würde er nicht einsehen dürfen, ebenso wenig wie die des Bundeskriminalamts. Falls diese beiden Organisationen etwas Brisantes über ihre Angehörigen und Mitarbeiter wussten, würden sie einen Teufel tun, es herauszugeben.

»Verdammt«, fluchte der Kommissar und griff zur Seite. Seine Hände fanden, wonach er suchte. Als Erstes trank er einen Schluck Bier, dann nahm er seine Tabletten ein und spülte sie herunter. Wenig später sackte sein Kopf auf die Brust, und er schlief auf dem Stuhl ein.

Der Nacken tat ihm weh, als er erwachte. Ein Blick auf die Uhr verriet ihm, dass er sich beeilen musste. Also streifte er sich lediglich seinen Mantel über und verließ das Haus. Vor der Tür stellte er die Krempe seines Mantels auf und ging die wenigen Schritte zu seinem Wagen. Zum Glück sprang der Motor schon nach dem zweiten Versuch an, und er fuhr los.

An der ersten Biegung war es zunächst nur ein Gefühl, an der dritten Kreuzung war sich der Kommissar dann aber ganz sicher. Er schaute erneut in den Rückspiegel. Ja, er wurde verfolgt. Doch in der Dunkelheit konnte er weder das Fabrikat noch die Farbe des Wagens erkennen. Doch die Auffälligkeit, dass der linke Scheinwerfer des Autos defekt war und schwach leuchtete, bestätigte seine Vermutung. An der nächsten Querstraße bog er ab, lenkte den Wagen blitzschnell in eine unbefahrene Straße und stellte den Wagen auf einem Parkstreifen ab. Er schaltete sein Licht aus und wartete. Zunächst geschah nichts, dann bog das Fahrzeug mit dem defekten Scheinwerfer in die Straße ein und blieb nur wenige Meter vor ihm entfernt stehen.

Seeberg stieg aus und schlich sich im Schutze der Dunkelheit an den Wagen heran. Als er auf der Höhe des Fahrers angekommen war, riss er die Tür auf, packte den Mann am Kragen und zerrte ihn heraus. Der Mann schrie schmerzhaft auf, als er unsanft gegen die Karosserie gedrückt wurde. Im selben Moment erkannte Seeberg ihn.

»Das hätte ich mir ja denken können. Eckstein, Sie Spinner.«

Der Reporter wand sich wie ein Junge, der auf dem Schulhof in den Schwitzkasten genommen wurde.

»Lassen Sie mich los! Ich habe Ihnen doch gar nichts getan.«

Seeberg ließ von ihm ab und schüttelte genervt den Kopf. »Haben Sie nichts Besseres zu tun, als mir wie ein notgeiler Hund hinterherzuschleichen?«

Eckstein griff in seine Tasche und zündete sich eine Zigarette an. »Sie geben mir ja keine Auskunft über den Stand der Ermittlungen. Irgendwie muss ich aber an meine Story kommen.«

»Eckstein, jeder kleine Taschendieb würde Sie bemerken. Reparieren Sie mal ihr Vorderlicht! Damit erkennt man Sie auf hundert Meter.«

Eckstein schaute kurz zum defekten Licht, dann zündete er sich eine weitere Zigarette an und nahm einen tiefen Zug. »Ist schon ewig kaputt. Es gibt andere Dinge, die mich mehr interessieren.«

»Mich auch. Zum Beispiel die Tatsache, wie lange Sie mir denn schon nachstellen?«

Eine große Rauchsäule stieg aus dem Mund des Reporters. »Immer mal wieder. Ich dachte, ich bekomme so vielleicht etwas raus. All meine Quellen helfen mir in diesem Fall nicht weiter. Keiner weiß etwas, und niemand hat etwas gehört. Das ist seltsam.«

»Ist es das, ja?«

»Ja, auf der Straße hört man nichts, und selbst meine Top-Quellen beim BKA und der Polizei schweigen sich aus. Es ist allen zu heiß, darüber zu sprechen.«

»Sie wissen, dass Karstensen beim BKA war?«

»Na klar. Ich bin genauso ein Profi wie Sie, Kommissar.«

»Und Sie haben eine Quelle beim BKA?«

»Wir helfen uns ab und an mit ein paar Informationen. Nichts Großes, aber es genügt meist für eine gute Story. Und wenn es tatsächlich zu einer Verhaftung kommt, war Kalle Eckstein wieder der Erste, der ein Näschen für die Sache hatte.«

»Wie gut ist Ihre Quelle?«

»Sie ist absolut vertrauenswürdig. Bisher haben die Hinweise immer gestimmt, die ich bekommen habe.«

»Geben Sie mir den Namen und eine Nummer.«

Eckstein lachte laut auf. »Gerade diese Quelle werde ich wie meinen Augapfel hüten. Das Letzte, was ich will, ist, meinem Kontaktmann einen Bullen von der Kripo auf den Hals zu hetzen.«

»Passen Sie auf, Eckstein. Was halten Sie davon, wenn ich Ihnen verspreche, dass Sie der Erste sein werden, der ein Interview zu diesem Fall bekommt, wenn wir den Mörder haben.«

Eckstein sah den Kommissar an. »Exklusiv?«, fragte er.

»Meinetwegen. Ich spreche nur mit Ihnen.«

Der Reporter schürzte die Lippen, dann nahm er einen letzten Zug und schnippte seine nur zur Hälfte gerauchte Zigarette in den Straßengraben.

»Sie stellen keine Fragen zu seiner Person, sonst ist er schneller wieder verschwunden, als Sie gucken können.«

»Ich kenne die Spielregeln, Eckstein.«

»Haben Sie noch dieselbe Nummer, Herr Kommissar?«

»Ja,« bestätigte Seeberg.

»Ich rufe Sie später an und gebe Ihnen den Treffpunkt durch. Und überlegen Sie sich schon mal, welche Info Sie für ihn haben. Wenn Sie nämlich nichts in der Hand haben, was das BKA interessiert, wird er nicht sehr gesprächig sein.«

28.

Der Mann saß an einem kleinen Tisch und blätterte in einer Tageszeitung. Eckstein hatte Wort gehalten und dem Kommissar nur eine Stunde später eine Nachricht zukommen lassen. Der Informant sei gerade auf dem Weg nach Leipzig und in der Nähe von Fulda. Er würde sich eine halbe Stunde für den Kommissar nehmen. Was Eckstein genau behauptet hatte, um den Informanten anzulocken, behielt er für sich. Er lachte nur und meinte, dass er ein alter Fuchs sei und wisse, wie man solche Leute ködern könne. Als Treffpunkt hatte Eckstein das alteingesessene *Café Thiele* in der Innenstadt genannt. Der Kommissar kannte das Café sehr gut. Er war früher einige Male mit Helena dort gewesen.

Seeberg sah sich um und erkannte den Mann sofort. Er wirkte genau so unscheinbar, wie es für seinen Beruf wohl auch nötig war. Durchschnittshaarschnitt, den Anzug in gedeckten Farben und ein Brillenmodell auf der Nase, das nicht allzu unmodisch war. Wohl ein Beamter von Anfang fünfzig, der seinen Dienst nach Vorschrift abwickelte, sich aber nicht für höhere Dienste eignete. Und dieser Mann sollte wichtige Informationen des BKA bereithalten? Der Kommissar trat zu ihm an den Tisch, worauf der Mann zu ihm aufblickte.

»Sie sind Kommissar Seeberg?«

»Ja. Und mit wem habe ich es zu tun?«

»Das tut nichts zur Sache. Nehmen Sie Platz.« Der Mann nahm seine Brille ab, legte seine Zeitung zur Seite und deutete auf den leeren Stuhl ihm gegenüber. »Auch einen Kaffee?«

»Gerne.«

»Noch einen Kaffee bitte«, erklärte der Mann der Bedienung. »Wenn Sie nichts dagegen haben, würde ich gerne direkt zum Grund unseres Treffens kommen.«

»Sehr gerne.«

»Man sagte, Sie seien an einem Deal interessiert. Also, was haben Sie für mich? Dann sage ich Ihnen, ob ich auch was für Sie habe.«

Der Kommissar wusste, dass sein Handlungsspielraum sehr begrenzt war. Wenn er Glück hatte, wusste das BKA noch nichts von Karstensens möglichen Verbindungen zu Cunninghams Drogenhandel.

»Ich benötige Informationen über einen Kollegen von Ihnen. Es handelt sich dabei um einen ehemaligen Mitarbeiter.«

»Und warum denken Sie, dass ich Ihnen interne Informationen über einen Kollegen des BKA überlassen würde? Sie müssen wirklich sehr gute Informationen für mich haben, wenn Sie das glauben.«

Seeberg versuchte die Gesten seines Gegenübers zu

deuten. Seine Hände bewegte er kaum, sein Blick war klar und aufmerksam. Er schien nicht zu bluffen.

»Der Mitarbeiter, von dem ich spreche, lebt nicht mehr. Er ist bereits verstorben. Aber ich benötige diese Informationen dennoch dringend für einen Mordfall, in dem wir ermitteln.«

Die Bedienung brachte den Kaffee. Beide Männer nahmen einen Schluck und schwiegen einen Moment, bis die junge Frau wieder verschwunden war.

»Hören Sie, Herr Seeberg, ich habe nicht viel Zeit. Wenn Sie also etwas für mich haben, dann sagen Sie es mir. Wie wertvoll ist Ihre Information?«

Seeberg entschied sich für die Wahrheit. »Um ehrlich zu sein, weiß ich es nicht. Ich denke, dass wir es nur herausfinden können, wenn wir unser beider Wissen wie ein Puzzle zusammenlegen. Dann ergibt sich daraus für uns beide eventuell ein schlüssiges Bild. Und eines der Puzzleteile stellt dabei ihr ehemaliger Mitarbeiter dar.«

»Um wen handelt es sich?«

»Ferdinand Karstensen.«

»Oh.«

»Sie kannten Ihn?«

»Natürlich. Er war ein verdienter Mitarbeiter und ist bis zu einem Abteilungsleiter aufgestiegen.«

»Ein verdienter Mitarbeiter? Das hört sich für mich dennoch nicht nach Begeisterungsstürmen an.«

»So möchte ich das nicht sagen. Selbst zum Ende seines Dienstes war er an verschiedenen Sonderaktionen beteiligt.«

»Ein Abteilungsleiter, der bis zum Ende seines Dienstes noch an Sonderaktionen beteiligt ist? Ist das nicht eher eine Degradierung?«

Der Mann schmunzelte. »Also gut, Herr Kommissar, es gab einige Irritationen, die dazu führten, dass Karstensen nicht mehr so sehr im Fokus der Führungsebene stand, wenn ich es so ausdrücken darf.«

»Da würden mich Einzelheiten interessieren.«

»Nein, jetzt sind Sie erstmal dran, Herr Seeberg. Was wissen Sie über ihn, was wir nicht wissen? Dann sage ich Ihnen, ob Sie auch mein Interesse geweckt haben.«

Seeberg sammelte sich kurz. »Wie Sie sicherlich mitbekommen haben, ist Karstensen einem Gewaltverbrechen zum Opfer gefallen. Wir gehen weiter davon aus, dass er das mittlerweile dritte Opfer eines Serientäters ist. Das erste Opfer war ein Drogenhändler aus England, das zweite Opfer ein Sanitätsoffizier der Bundeswehr. Habe ich Ihr Interesse damit geweckt?«

»Das haben Sie. Was wissen Sie über den Täter und dessen Motiv?«

»Zunächst schienen die drei Opfer nichts miteinander zu tun gehabt zu haben. Doch dann haben wir doch noch einen gemeinsamen Nenner gefunden. Alle drei waren zur selben Zeit am selben Ort in Asien und könnten sich dort getroffen haben. Es spricht einiges dafür.«

»Lassen Sie mich raten: Es geht um Thailand.«

Der Kommissar war überrascht. »Sie wissen also von dem Drogenhandel?«

»Drogenhandel?« Der BKA-Beamte verschluckte sich beinahe an seinem Kaffee. Vorsichtig stellte er die Tasse zurück. »Nein, diese Variante kenne ich nicht, ich kenne eine andere. Aber es passt zusammen.«

»Was passt zusammen? Sie sind wieder dran.«

Der Mann setzte sich auf und fixierte Seeberg. »Okay, vielleicht kommt ja tatsächlich etwas Interessantes dabei heraus. Wie Sie ja schon herausgefunden haben, wurde Karstensen nach dem Tsunami zur Unterstützung der dortigen Behörden nach Thailand entsandt. Er sollte mithelfen, Leichen zu identifizieren. Er arbeitete für die IDKO.«

»Bitte verschonen Sie mich mit Kürzeln und Fachchinesisch.«

Der Mann lächelte. »IDKO steht für Identifizierungskommission. Die IDKO war als Sondertruppe innerhalb des BKA nach einem Flugzeugabsturz auf Teneriffa 1972 gegründet worden. Damals zählten wie in Thailand auch deutsche Touristen zu den Opfern. Seither gilt: Immer wenn es im Ausland eine große Anzahl deutscher Opfer gibt, kann die BKA-Sondertruppe einen Auftrag erhalten. Und Karstensen war ein wichtiger Kopf der IDKO. Sie müssen wissen, dass er darin wirklich gut war.«

»Ja, das haben wir bereits herausgefunden. Dort hat er auf dem deutschen Marinekreuzer *Berlin* auch Pogatetz kennengelernt.«

»Pogatetz? Diesen Namen höre ich zum ersten Mal. Wer ist das?«

»Unser zweites Opfer. Ein Sanitätsoffizier der Bundeswehr, der an Bord des Kreuzers seinen Dienst leistete.«

»Verstehe. Jedenfalls erreichten uns einige Informationen, die uns aufhorchen ließen.«

»Nämlich?«

»Wie bereits erwähnt, hatte sich Karstensen innerhalb des Amts ziemlich hochgearbeitet. Er galt sogar zeitweise als einer der aussichtsreichsten Kandidaten auf den Posten des Präsidenten. Doch schließlich stolperte er über einen Skandal, und man pfiff ihn zurück. Er behielt zwar weiterhin die Bezahlung eines Abteilungsleiters, doch von da an wurde er nur noch mit unspektakulären Aufgaben betraut.«

»Was war geschehen?«

Seebergs Gegenüber zögerte. »Man hatte ihn während einer Razzia in einem illegalen Bordell an der rumänisch-bulgarischen Grenze festgenommen. Und als ob das noch nicht genügt hätte, kam heraus, dass die Mädchen allesamt noch minderjährig waren. Manche gar erst vierzehn, fünfzehn.«

»Das passt zumindest zu dem Bild, was uns seine Frau von ihm geschildert hatte.«

»Michelle?«

»Ja. Sie kennen Sie?«

»Michelle ist ... ich meine, war eine tolle Frau. Niemand konnte es verstehen, warum sie es so lange bei ihm ausgehalten hat. Wahrscheinlich wusste sie nichts von seinen Abenteuern.«

»Oh, doch, sie wusste davon, aber sie schwieg. Dafür führte sie ein Leben im Luxus. Wohl nicht die einzige Ehe, in der es so läuft.«

Der Mann schmunzelte und nahm einen weiteren Schluck Kaffee.

»Erzählen Sie mir, was Sie mit Drogen meinten.«

»Cunningham, so hieß das erste Opfer, nutzte seinen exotischen Blumenhandel auf der Britischen Insel, um Drogen aus dem Goldenen Dreieck Birma, Laos und Thailand bis nach Europa und England zu schmuggeln.«

»Sagten Sie Blumenhandel und Cunningham? So eine Import-Export-Firma für Pflanzen mit einer Niederlassung in Phang Nga, einer Provinz im Süden Südthailands?«

»Ganz genau, ja. Warum?«

»Jetzt beginnt alles einen Sinn zu ergeben.«

»Ach, tut es das? Dann wäre es schön, wenn Sie auch mich daran teilhaben lassen würden.«

»Nachdem das erste Chaos nach dem Tsunami abgeebbt war, verdichteten sich die Gerüchte, dass Karstensen in einem illegalen Puff im Süden Thailands verkehrte. Da wir durch seine Vorgeschichte schon sensibilisiert waren und uns dort auf keinen Fall einen weiteren Skandal leisten konnten, sind wir der Sache vor Ort nachgegangen. Die Kollegen fanden in einem Gewächshaus einer Import-Export-Firma in Phang Nga einen verlassenen Puff.«

Seeberg forderte den Mann auf, weiterzusprechen.

»Es war eine verdammte Schande, was dort vorging. Und glauben Sie mir, das will in dieser Ecke des Landes schon was heißen.«

»Was bedeutet das genau? Sie müssen schon genauer werden. Waren die Frauen krank? HIV-positiv? Drogen?«

»Viel schlimmer.« Der Mann verzog bei dieser Aussage keine Miene.

»Schlimmer? Wie meinen Sie das?«

Der Mann schob seine Tasse zur Seite. Er begann nun noch leiser zu sprechen als zuvor. »Nach der Katastrophe mit all den vielen Toten und Vermissten witterten einige skrupellose Perverse ein großes Geschäft. Sie nutzten das Chaos im Land. Schließlich hatten alle mit sich selbst zu tun. Niemand hatte noch einen Blick für den anderen. Die Verzweiflung war groß, und die Hemmungen waren gering. Alles, was ich Ihnen jetzt sage, ist inoffiziell, und es gibt keinerlei Beweise dafür. Selbst die Regierungen der Länder vertuschen und beschönigen die Zahlen und Tatsachen. Man will schließlich die Touristen nicht vergraulen.«

»Also?«

»Man vermisst bis heute inoffiziell circa 40 000 Menschen, darunter befinden sich viele Kinder in den Listen. Die meisten Vermissten hat die Flutwelle mit ins Meer gerissen, aber nicht alle dieser vermissten Kinder und Jugendlichen sind in den Fluten gestorben. Einige von ihnen überlebten und fristen bis heute ein menschenunwürdiges Dasein. Sie werden als Prostituierte oder Sklaven ohne jegliche Papiere und Rechte wie Tiere gehalten. Und niemand ahnt, dass es sie gibt.«

Seeberg wollte etwas darauf antworten, doch ihm schnürte sich der Hals zu. Ihm wurde in diesem Moment schlagartig bewusst, auf was Cunningham in seiner Phantasie gewartet hatte.

»Sie meinen, dort leben eventuell noch Kinder, die für vermisst oder tot erklärt wurden, aber in Wahrheit in irgendwelchen Hinterhofbordellen arbeiten oder als Sklaven gehalten werden?«

»Leider ist das weit mehr als nur eine These oder vage Behauptung. Ab und an gibt es aber sogar ein Happy End. Erst vor kurzem ist wieder ein Mädchen bei ihren Eltern aufgetaucht, die für tot gehalten worden war. Die Kleine war damals nach den Flutwellen spurlos verschwunden, aber sie war nicht tot. Sie wurde von einer Frau gefunden und als Sklavin gefangen gehalten. Sie musste deren Haushalt erledigen, betteln gehen, und wenn sie nicht genug Geld zusammenbrachte, wurde sie geschlagen. Dennoch gelang ihr Jahre später die Flucht. Das ist aber ein Einzelfall. Die meisten haben es sogar noch schlechter erwischt und landen in illegalen Bordellen.«

»Das ist ja unglaublich. Warum tut man da nichts von offizieller Seite?«

»Was soll man tun, Herr Seeberg? Diese Personen existieren offiziell ja nicht einmal. Sie gelten als tot oder vermisst. Selbst ihre eigenen Regierungen leugnen ihre Existenz.«

»Aber die Familien …«

»Ja, die Familien. Wollen Sie zu den Eltern gehen und ihnen sagen, dass ihre Tochter vielleicht doch noch leben könnte? Ihnen Hoffnung machen, nach all dem Schmerz?«

Der Mann hatte recht. Dennoch spürte Seeberg einen tiefen Schmerz, was auch seinem Gegenüber nicht verborgen blieb.

»Sie haben selbst Kinder, nicht wahr?«

»Ja. Das heißt … eigentlich nein. Ich hatte eine Tochter. Sie lebt nicht mehr.«

»Oh, das tut mir leid. Jedenfalls können wir uns nun denken, was die Herren dort veranstaltet haben.«

Der Kommissar nickte. »Sie sind Kunden von Cunningham gewesen. Er war nicht nur im Drogenhandel tätig, sondern unterhielt eines dieser illegalen Kinder-Bordelle, und die feinen Herrn waren seine Gäste.«

»Genau«, bestätigte sein Gegenüber. »Gibt es Hinweise darauf, dass Pogatetz ebenfalls pädophil war?«

»Pogatetz? Nein, bisher nicht. Allerdings hatten wir in dieser Richtung auch keinerlei Ermittlungen geführt. Wie ist die Sache mit den Kindern denn aufgeflogen?«

»Es gab anonyme Hinweise aus der Bevölkerung, dass es in der Lagerhalle dieser Import-Export-Firma ziemlich viele Herrenbesuche gebe. Es war eine Firma, die mit exotischen Blumen handelte und dort einige Gewächshäuser unterhielt.«

»Cunninghams Firma.«

»So sieht es aus. Als man endlich die Durchsuchung erwirkt hatte, waren sämtliche Beweise zerstört und sowohl die Kinder als auch die Drahtzieher über alle Berge. Es gab nur noch Hinweise darauf, was dort geschehen war. Aber nichts Verwertbares. Die Behörden waren rechtzeitig geschmiert worden.«

»Was hat man mit Karstensen gemacht? Wurde er angezeigt?«

Der BKA-Mann lächelte. »Von wem? Es gab ja nicht einmal einen Kläger. Und nachweisen konnte man ihm erst recht nichts. Es existierten lediglich Hinweise und Anschuldigungen, die sich durch keine Beweise bekräftigen ließen. Man holte ihn wieder zurück nach Deutschland, gab ihm ein paar unwichtige Aufgaben und schickte ihn dann vorzeitig in den Ruhestand.«

Seeberg kam der Gedanke, ob Karstensen und der Mörder seiner eigenen Tochter sich wohl gekannt hatten. In der Szene gab es sicherlich erstaunliche Seilschaften. Vielleicht hatte Karstensen sogar schon selbst ein Auge auf Laura geworfen. Ihm wurde übel bei dem Gedanken.

»Können Sie mir eine Liste mit den Namen der deutschen Vermissten besorgen? Vielleicht ist ein Name dabei, der uns weiterhilft.«

Der BKA-Mann faltete seine Zeitung zusammen und stand auf. In aller Ruhe setzte er sich seine Brille auf und schaute am Kommissar vorbei hinaus auf die Straße.

»Ich werde Ihnen keine Akten geben können, da

wir auch gar keine haben. Unser kleines Gespräch hat ja noch nicht einmal stattgefunden. Aber es war sehr aufschlussreich. Ich muss nun weiter.«

Seeberg spürte, wie er zornig wurde. »Das kann unmöglich Ihr Ernst sein. Dort draußen läuft irgendwo ein Mörder herum. Und aller Wahrscheinlichkeit nach hat er etwas mit einem pädophilen Ex-Mitarbeiter von Ihnen zu tun. Vielleicht gibt es sogar noch weitere vermisste Opfer, die noch leben. Das kann Ihnen doch nicht egal sein?«

Er bekam keine Antwort auf seine Frage. Der BKA-Mann schlüpfte in seinen Mantel. »Der Kaffee geht auf Sie, Seeberg. Einen schönen Tag noch.«

Dann ging er einige Schritte, drehte sich zu Seeberg um, stellte den Kragen seines Mantels auf und zog sich seine Lederhandschuhe an.

»Wissen Sie, wo es auch einen köstlichen Kaffee gibt? Bei Frau Becker – Cornelia Becker. Sie arbeitet für das Zentralregister des Auswärtigen Amtes in Frankfurt. Sie hat nur ein Problem. Sie nimmt es oftmals mit der Verschwiegenheit nicht so genau. Fahren Sie doch mal auf einen Kaffee bei ihr vorbei, Herr Kommissar.«

29.

Karl Hübner war der letzte Name auf der Todesliste. An mehr Namen hatte Cunningham sich kurz vor seinem Tod leider nicht erinnern können. Immerhin waren es aber die wichtigsten. Diese drei hatten sich ihm schon damals allein wegen ihrer Sprache unauslöschlich eingebrannt. Drei deutsche Männer, die damals so viel Leid gebracht hatten und nun dafür büßen sollten. Auch der letzte dieser drei Kinderschänder sollte seine gerechte Strafe erhalten.

Wieder fiel der Blick auf den Beifahrersitz, wo das Foto Hübners lag. Es zeigte einen fröhlichen Mann von normaler Statur. In der Erinnerung hatte er viel einschüchternder gewirkt.

Größer.

Stärker.

Bedrohlicher.

Nun hatte er beinahe verschüchtert gewirkt, als er das Telefongespräch angenommen hatte. Wie die beiden anderen zuvor, war jedoch auch er zu einem Treffen bereit. Natürlich war er das. Er ahnte ja auch nicht, wer ihn in Wirklichkeit erwartete. Alle drei dachten, dass sie eine Aussage zu ihrem damaligen Einsatz in Thailand machen sollten. Das war unauffällig und nichts Außergewöhnliches. Immer wieder gab es seitens der Behörden solche Befragungen.

Meist um in Zukunft noch besser gewappnet zu sein für solche Einsätze. Auch Hübner schöpfte keinen Verdacht, dass er nach Fulda kommen sollte, um eine Aussage zu den damaligen Vorkommnissen zu machen. Er würde direkt vom Bahnhof abgeholt und zur Befragung gebracht werden. Hübner hatte sofort eingewilligt und ahnte nicht, dass es sich nur um eine Falle handelte. Auch Pogatetz war in diese Falle getappt und hatte damals zunächst wie ein kleiner Junge um Gnade gewinselt. Er hatte alles Geld geboten, was er besaß. Erst als die Klinge sein Fleisch wie ein Stück Torte teilte, verstand er, dass es nicht um Geld oder eine Entführung ging, sondern dass er für seine Taten bezahlen und sterben würde. Karstensen war schwieriger. Es war nicht so leicht gewesen, ihn aus seinem Versteck zu locken. All die Jahre beim BKA hatten ihn vorsichtig werden lassen. Doch kaum war er in Pension gegangen, wurde ihm langweilig, und er wurde unvorsichtig. Schließlich schnappte auch bei ihm die Falle zu. Zunächst glaubte er noch, seine übliche Masche würde ihm helfen können. Er wollte Schweigegeld zahlen. Nur leider spielte Geld bei dieser Angelegenheit überhaupt keine Rolle. Als auch er verstanden hatte, wer da vor ihm stand, wurde ihm schlagartig klar, dass es keine Flucht und keine Chance auf Überleben geben würde.

An einer Ampel musste der Wagen anhalten. Ein

letzter Blick ins Handschuhfach, um zu sehen, ob sich noch alles an seinem Platz befand. Es war alles da. Vielleicht war es aber dennoch besser, ein anderes Versteck zu wählen. Die bereits aufgezogene Injektionsnadel wurde schnell in der Seitenablage verstaut. Die Ampel sprang auf Grün.

30.

Klaus Seeberg starrte auf die Uhr auf dem Armaturenbrett seines Autos. Es mussten höchstens noch ein paar Minuten bis zur Stadtgrenze Frankfurts sein. Natürlich hatte er den versteckten Hinweis verstanden und war sofort losgefahren. Über die A66 war es nur eine gute Stunde bis nach Frankfurt. Während die graue Landschaft an ihm vorbeiflog, grübelte der Kommissar über die Worte des BKA-Beamten. Wenn das alles so stimmte, war dies ein Skandal. Er versuchte zu überschlagen, wie viele wehrlose Kinder in die Fänge von skrupellosen Menschenhändlern und Zuhältern geraten sein könnten. Bei der Zahl, zu der er kam, erfasste ihn Schwindel. Vor ihm tauchten die ersten Hochhäuser Frankfurts auf. Zwanzig Minuten später stand er bei Cornelia Becker im Büro.

»Schönen guten Tag, was kann ich für Sie tun?«, grüßte die adrette Dame beschwingt.

Der Kommissar schloss die Tür hinter sich und hielt ihr seinen Dienstausweis entgegen. »Mein Name ist Klaus Seeberg von der Kriminalpolizei Fulda. Ich möchte einige Akten einsehen.«

»Akten einsehen?« Frau Becker nahm ihre Lesebrille ab und klappte sie vor sich zusammen. »Um welche handelt es sich denn?«

»Wir benötigen eine Information zu den deutschen Vermissten des Tsunami in Asien von 2004. Und wie mir gut informierte Kreise berichteten, verfügen Sie über eine solche Liste.«

»Das tun wir«, entgegnete sie ruhig. »Wir legen Informationen über diese Personen an und halten die Verwandten auf dem Laufenden. Es werden bis zum heutigen Tag immer noch Opfer oder Leichenteile gefunden. Wenn ein Verwandter auf diese Weise aus dem Leben verschwindet, ist das schließlich etwas anderes, als wenn man bei der Polizei eine Vermisstenmeldung aufgibt.«

»Ja, das ist richtig«, bestätigte er. »Und daher benötigen wir nun dringend diese Listen und Informationen, um unsere Arbeit fortzuführen.«

»Gerne. Aber das geht natürlich nur, wenn Sie einen Antrag stellen und dieser positiv beschieden wird.«

Der Kommissar runzelte die Stirn und beugte sich zu ihr. Seine Stimme nahm einen Flüsterton an.

»Sehen Sie, Frau Becker, das ist das Problem. Wir sind auf der Spur eines gefährlichen Mörders und haben keine Zeit zu verlieren. Sie könnten einen entscheidenden Beitrag dazu leisten, diesen Serientäter zu erwischen.«

»Einen Serienmörder?«

»Ja. Eine schlimme Geschichte. Wenn Sie uns unbürokratisch helfen und uns Akteneinsicht gewähren würden, könnten Sie Menschenleben retten.«

Sie schien die Sache ernsthaft abzuwägen. »Das geht eigentlich nicht. Wegen des Datenschutzes. Nur enge Familienangehörige dürfen die Listen einsehen.«

»Ich weiß. Aber könnten Sie nicht vielleicht ausnahmsweise mal ein Auge zudrücken? Es geht hier um Leben und Tod.«

Cornelia Becker geriet ins Grübeln. Sie war für diesen Job einfach zu gutherzig, und vermutlich hatte sich zuletzt auch kaum jemand für die Akten und Listen interessiert. Und ein wenig Aufmerksamkeit und Anerkennung für ihre Arbeit schmeichelte der Frau.

»Also gut. Sie sind ja schließlich von der Polizei, nicht wahr? Aber ich würde Sie bitten, dass das unser kleines Geheimnis bleibt.«

»Natürlich.«

Frau Becker stand auf und setzte sich ihre Brille

wieder auf. »Ich werde Ihnen die Akten holen. Vielleicht einen Kaffee in der Zwischenzeit?«

»Gerne.« Der Kommissar konnte sich ein Schmunzeln nicht verkneifen. »Ich habe schon gehört, dass sie einen phantastischen Kaffee zubereiten.«

Cornelia Becker errötete leicht. »Ja, das behaupten so einige.«

31.

Die Betäubung hatte bei den anderen beiden gleich schnell gewirkt. Aber es gab keine Garantie dafür, dass es bei Hübner genauso wirken würde. Er war stämmiger als Pogatetz und Karstensen, daher sollte die doppelte Dosis keinerlei Überraschungen mit sich bringen. Aber was, wenn es nicht wirkte und er fliehen konnte? Vielleicht sollte man ihm die Nadel direkt hier im Auto in den Hals rammen. Warum eigentlich nicht? Es würde Zeit sparen. Und seit Kommissar Seeberg wieder zurück war, war Zeit ein endlicher Faktor geworden. Er war gut. Sehr gut sogar. Wahrscheinlich würde er bald auf den entscheidenden Hinweis stoßen. Es durfte auf keinen Fall so sein, dass einer der Männer überlebte. Allein der Gedanke verursachte Übelkeit.

Die Uhr zeigte kurz nach zwei. Der Zug aus Hannover musste also schon vor zehn Minuten eingefahren sein. Der Wagen drosselte in Höhe der Taxibucht langsam sein Tempo, und die Augen suchten den Mann auf dem Foto. Einige Personen hatten Unterschlupf vor dem Regen gesucht und sich unter einen Dachvorsprung des Bahnhofs geflüchtet. War Hübner unter ihnen? Mit Schrittgeschwindigkeit rollte das Auto an der Menschentraube vorbei.

Was, wenn er mittlerweile doch ganz anders aussah?

Wenn man sich gar verpasste?

Wo war er?

Hatte er letztlich vielleicht doch etwas geahnt?

Ein Mann, dessen Größe und Alter passen könnte, trat unter der Überdachung hervor und winkte. Er kam einige Schritte auf das Auto zu, blieb dann aber stehen und zog sich als Schutz vor dem Regen das Jackett über den Kopf. Dann kam er durch den Regen auf das Auto zugelaufen und öffnete die Beifahrertür.

»Herr Hübner?«

»Richtig, und Sie müssen demnach …«

»Schließen Sie die Tür!«

»Ach ja, natürlich, entschuldigen Sie.« Er stieg in den Wagen und klopfte sich etwas Regenwasser vom Jackett. »Das ist aber auch ein Wetter, nicht wahr?«

»Ja. Fürchterlich.«

»Wo fahren wir hin?«

»Lassen Sie sich überraschen«, lautete die Antwort. »Am besten umgehen wir den Verkehr der Stadt und fahren über die Landstraße.« Doch es gab ganz andere Gründe, warum die Stadt zu dieser Tageszeit kein geeigneter Ort war: In der Stadt war zu viel los. Eine bewusstlose Person auf dem Beifahrersitz würde an einer Ampel für Aufsehen sorgen. Und Aufsehen war nicht gut.

32.

Cornelia Becker hatte ihm eine ganze Reihe von Ordnern auf den Tisch gestellt. Im ersten befanden sich Formulare und rechtsmedizinische Gutachten von unidentifizierten Opfern, die man vielleicht einem der Vermissten Deutschen zuzuordnen hoffte. Im zweiten Ordner fand Seeberg, wonach er gesucht hatte. Demnach wurden bei Erstellung der Listen noch immer 34 Deutsche vermisst. Darunter vier junge Mädchen. Drei waren im Verlaufe des ersten Jahres noch für tot erklärt worden. Nur ein Mädchen hatte den Tsunami überlebt und war Anfang 2005 wieder zurück nach Deutschland gebracht worden. Seeberg blätterte nach den Namen und Informationen zu den einzelnen Mädchen. Jedes Opfer hatte einen eigenen Ordner. Aber der Ordner mit den Informationen zu dem überlebenden Mädchen war beinahe leer. Nur ein einziger Zettel mit einigen Kürzeln und Haken befand sich darin. Seeberg überprüfte noch einmal alles sorgfältig, doch alle weiteren Informationen fehlten tatsächlich. Der Kommissar nahm den Ordner und ging zum Schreibtisch von Frau Becker.

»Sagen Sie, wo finde ich die Informationen über dieses Mädchen hier? Das Mädchen, das überlebt hat? Warum befinden sich keine Unterlagen mehr darin?«

Frau Becker nahm sich den Ordner und überprüfte einige der Kürzel und Erklärungszeichen.

»Das liegt daran, dass die Daten gelöscht wurden. Die Familienangehörigen, oder wie in diesem Fall die Person selbst, können die Löschung beantragen, wenn der Sachverhalt über den Verbleib der Person geklärt ist. Und da das Mädchen nicht mehr vermisst wurde, hat man den Eintrag auf ihren Wunsch hin löschen lassen.«

»Ist das denn üblich?«

»Nein. Normalerweise wird das nicht gewünscht. Es wird im Regelfall lediglich ein zusätzlicher Vermerk in die Akte eingetragen, dass sie wieder aufgetaucht ist und somit nicht mehr als vermisst gilt.«

»Hm, verstehe.«

Cornelia Becker tippte etwas in ihren Computer. Zufrieden deutete sie auf den Bildschirm. »Dachte ich es mir doch. Die Dame war erst vor kurzem hier, um die Eintragungen zu löschen.«

»Tatsächlich? Wann war das genau?«

»Laut Eintrag dürfte das sieben Monate her sein.«

»Ich glaube, ich kann mich sogar noch an die Dame erinnern. Kommt ja wie gesagt nicht oft vor, dass eine Vermisste vor einem steht und ihre Löschung beantragt. Ich hatte mich noch gewundert, warum sie hier eine Sonnenbrille trug. Naja, jedenfalls hat sie die Löschung für sich und für ihre Schwester beantragt.«

»Für ihre Schwester?«, fragte Seeberg verblüfft nach.

»Ja, ich kann mich daran erinnern, dass ihre Schwester zunächst ebenfalls vermisst wurde, dann aber für tot erklärt worden war.«

»Verdammt. Ich muss unbedingt Kontakt zu dieser Frau bekommen. Sie weiß wahrscheinlich, wer als Täter in Frage kommt. Dadurch schwebt sie in großer Gefahr. Haben Sie einen Namen oder eine Adresse? Sie musste sich doch bestimmt ausweisen.«

»Natürlich. Da sind wir ganz korrekt.«

»Gott sei Dank. Und, wie hieß sie?«

»Das kann ich Ihnen heute nicht mehr sagen. Wir sind aus Gründen des Datenschutzes dazu verpflichtet, bei einer Löschung alle Daten nach exakt vier Wochen zu vernichten.«

»Das ist nicht Ihr Ernst, oder?

»Leider doch. Und ich kann mich beim besten Willen auch nicht mehr an den Namen erinnern.«

»Können Sie sich denn wenigstens noch an ihr Aussehen erinnern? War sie groß oder klein? Dick oder eher schlank?«

»Ich weiß nur noch, dass sie dunkle Haare hatte und eine Sonnenbrille trug.«

»Wie alt war die Frau?«

»Vielleicht dreißig.«

»Ist Ihnen sonst irgend etwas aufgefallen?«

Frau Becker überlegte. »Ja, da war etwas. Ein Rechnungsbeleg.«

»Ein Rechnungsbeleg?«

»Als sie die Akte entgegennahm, fiel ein Beleg von einem Steinmetz zu Boden. Das ist ungewöhnlich. Normalerweise ist es nämlich so, dass die Angehörigen die Beisetzung und den Grabstein bezahlen. In diesem Fall ist aber anscheinend die öffentliche Hand für diese Kosten aufgekommen, sonst wäre in den Unterlagen kein Beleg dafür gewesen.«

»Das bedeutet?«

»Das bedeutet, dass wir diese Kosten irgendwo verbucht haben müssen.«

»Und über den Kassenbeleg kommt man vielleicht an den Namen der Toten.«

»Genau.«

»Sie sind ein wahrer Goldschatz, Frau Becker. Können Sie das für mich herausfinden?«

»Warten Sie, ich rufe direkt in der Kassenstelle an.« Sie drückte ein paar Tasten am Telefon und wartete darauf, dass am anderen Ende abgenommen wurde.

»Hallo. Hier ist Becker vom Archiv. Könnten sie bitte mal in den Rechnungen für das Jahr 2005 nachschauen. Dort müsste eine Buchung über einen Grabstein zu finden sein. Ja, ich warte.«

Frau Becker deutete auf den Hörer und flüsterte dem Kommissar zu, dass man direkt nachschauen würde. Die Sekunden vergingen schleppend.

»Ja, ich bin noch da. Okay, ich notiere … danke.« Frau Becker riss den obersten Zettel vom Notizblock und reichte ihn dem Kommissar.

»Steinmetzbetrieb Kauder, die Adresse und die Telefonnummer habe ich Ihnen ebenfalls mit aufgeschrieben.«

33.

Der Verkäufer war noch mit einem Kunden am Kassenbereich beschäftigt. Kommissar Seeberg nickte dem Mann zu und ging derweil durch den Verkaufsraum. Er war erstaunt, wie viele Arten von Steinen es für Gräber gab. Bei Laura hatte er sich, ohne groß zu überlegen, auf einen hellen Stein festgelegt, den ihm der Bestatter empfohlen hatte. Sein einziger Wunsch war es gewesen, diese Entscheidungen schnell zu treffen.

»Suchen Sie etwas Bestimmtes?« Die Stimme riss ihn aus seinen Gedanken. »Wir haben hinten im Lager noch eine größere Auswahl an Mustersteinen. Wenn Sie mir vielleicht dahin folgen möchten?«

»Danke. Ich bin aus einem anderen Grund hier. Sind Sie der Besitzer?«

»Nein«, entgegnete der junge Mann. »Der Chef ist hinten in der Werkstatt. Soll ich ihn holen?«

Seeberg nickte, und der junge Mann verschwand. Kurz darauf kam er mit einem kräftigen Mann im Blaumann an seiner Seite zurück.

»Sie sind Herr Kauder, der Besitzer?«

Der Mann nickte. »Ja, der bin ich.«

Seeberg verstand, warum der junge Herr für die Kunden zuständig war und nicht der Chef. Ein sympathisches Auftreten gehörte nicht zu den Stärken des Steinmetzes.

Der Kommissar zeigte seine Marke, und Kauder kontrollierte sie. Seine Gesichtszüge wirkten kantig und seine Hände waren die eines schwer arbeitenden Handwerkers. Sie waren mit einer dünnen Schicht Steinstaub überzogen. In seinen wulstigen Fingern wirkte die Dienstmarke wie ein Spielzeug.

»Kriminalpolizei? Aus Fulda? Was treibt Sie denn zu uns nach Frankfurt?«

»Es geht um einen aktuellen Fall. Und Sie könnten uns vielleicht weiterhelfen.«

Kauder lachte auf. »Ich wüsste nicht wie.«

»Sie bekommen manchmal von städtischer Seite den Auftrag, eine Grabplatte oder einen Grabstein zu fertigen?«

»Kommt schon mal vor. Wir haben eben einen guten Namen.«

»Können Sie sich an diesen Auftrag hier erinnern?«

Der Kommissar reichte die Kopie des Auftrags, worauf Kauder seine Brille hervorkramte und die Eintragungen überprüfte. »Hm, kann mich nicht daran erinnern. Aber scheint von uns erledigt worden zu sein.«

»Es ging dabei um ein junges Mädchen.«

»Tut mir leid, kann mich nicht erinnern.«

»Vielleicht ein Name? Irgendwas?«

Kauder zuckte die Schultern. »Naja, klingt vielleicht blöd, aber Mitleid kann ich mir nicht leisten. Mein Job ist es, Grabsteine herzustellen. Wenn ich mir über jeden Toten Gedanken machen würde, könnte ich diesen Beruf wahrscheinlich keine zehn Tage ausüben. Aber wenn wir diesen Auftrag angenommen haben, müssten wir noch ein paar genauere Anweisungen haben.«

»Könnten Sie vielleicht in Ihren Unterlagen nachschauen?«

Kauder verschwand wortlos in einem kleinen Büroraum und kam mit einem dicken Ordner unter dem Arm zurück.

»Die Geschäfte laufen anscheinend gut.« Der Kommissar deutete auf die prallgefüllten Ordner.

»Ein todsicheres Geschäft«, antwortete Kauder, ohne dabei den Eindruck zu erwecken, dass es lustig gemeint war. Er blätterte verschiedene Papiere durch. Dann tippte er auf einen der Ausdrucke und reichte ihn dem Kommissar.

»Hier haben wir es. Auftrag der Stadt Frankfurt über eine Grabplatte aus Granit. Standard. Es war ein leeres Grab.«

»Das heißt, es lag keine Leiche darin.«

»Genau. War wohl eher eines dieser Gräber, damit die Angehörigen einen Platz zum Trauern haben.«

Der Kommissar überflog das Papier. Doch leider war auch hier keine weitere Information aufgeführt, die ihn weiterbrachte. Er hatte gehofft, einen Namen zu erhalten. Er war sichtlich enttäuscht.

»Steht denn da nicht irgendetwas über die Tote drauf?

»Nein. Nach was suchen sie denn genau?«

»Na, nach einem Familiennamen, der uns vielleicht weiterhilft.«

»Dann gehen Sie am besten doch direkt zum Grab. Es liegt keine fünf Minuten zu Fuß von hier am Hauptfriedhof. Einfach über die Eckenheimer Landstraße. Hier, die Grabstelle ist oben auf dem Zettel notiert.«

Seeberg hastete den Weg hinauf, in seiner Hand der Zettel mit der Grabnummer. Es musste irgendwo hinter der nächsten Biegung liegen. Die kalte Luft stach in seinen Lungen, und ihm wurde schmerzlich klar, dass er alles andere als in Form war. Die ersten Gräber kamen in Sicht. Ein kleiner weißer Stein aus Marmor war der erste in der Reihe. 38c stand an einer Ecke. Wieder überprüfte er die Aufzeichnung in seiner Hand: 46c. Er zählte die weiteren Gräber ab und hielt bei einem unscheinbaren Grabstein, der den Beschreibungen entsprach. Dunkler Granit, kaum einen halben Meter groß. Doch viel wichtiger war die Tatsache, dass in goldener Schrift tatsächlich etwas darauf eingelassen stand. Seeberg schnaubte und wischte mit der Hand über den Stein.

»Nein, das gibt's doch nicht.«

Vieles ergab nun einen Sinn. Sie hatten einen Fehler gemacht, indem sie die ganze Zeit davon ausgegangen waren, dass es sich bei dem Täter um einen Mann handelte. Unter den ganzen Umständen war jedoch eine Frau die viel schlüssigere Erklärung.

Der Kommissar las erneut die Inschrift auf dem Grabstein.

In ewiger Liebe ruht hier
meine Schwester
Valerie Freitag
*18. 03. 1993 – †19. 01. 2004

34.

»Ich bin noch nie zuvor mit einer Beamtin der Kriminalpolizei in einem Wagen gefahren. Übrigens nett, dass Sie mich abholen.«

»Kein Problem.«

»Wo soll die Befragung denn stattfinden?«

»Im Präsidium. Es liegt etwas außerhalb der Stadt aber die Befragung wird nicht allzu lange dauern.«

»In so netter Gesellschaft macht mir das nichts aus. Was machen Sie denn heute Abend?« Sie antwortete nicht. Dafür legte Hübner nach. »Bekommen die bösen Buben sonst Handschellen von Ihnen angelegt? Ich wette, Sie können ganz schön kratzbürstig werden, wenn einer bei einer Verhaftung mal nicht so will, was?«

Es war ganz offensichtlich, dass Hübner sie nicht wieder erkannt hatte. Dafür war es zu lange her. Aber die schmierige Art seiner Anmache war genauso unmissverständlich wie damals seine Aufforderung, zu ihm in das Hinterzimmer zu kommen. Der pure Ekel kroch in ihr hoch, als sie an die Bilder von damals dachte. Die feuchten Tage in diesem stinkenden Loch, in dem die stickige Hitze durch jeden Spalt kroch. Sie waren zu siebt in einem Verschlag im hinteren Teil des Gewächshauses eingepfercht worden und teilten sich zwei Plastikeimer. Einen für ihre Notdurft, in einem anderen befand sich Trinkwasser, was allerdings so stank, dass man nicht immer wusste, welcher Eimer wofür war. Es stank nach Exkrementen und Erbrochenem, was eine Folge der Mangelernährung war. Und wenn man doch mal in den Schlaf gefunden hatte, liefen einem die Ratten über die Füße und Körper. Doch das war nichts gegen den Gestank dieser widerlichen Pflanzen, der immer und überall in der Luft lag. Niemals in ihrem Leben würde sie ihn vergessen. Besonders im Separee nebenan, das noch näher an den exotischen Züchtungen lag und in dem die Kunden warteten, war es so schlimm, dass sich selbst die Kunden darüber beschwerten. Doch Cunningham hatte die Männer immer nur ausgelacht und ihnen zu verstehen gegeben, eben schneller fertig zu werden. Schlimmer als diese Tage waren nur die Nächte, in denen sie alle dicht aneinander gedrängt versuchten, auf dem blanken Boden etwas Schlaf zu finden.

Der Instinkt ist ein untrüglicher Überlebenshelfer in Extremsituationen, dachte sie. Ab und zu tauchten auch noch spätnachts Kunden auf. Das waren die Schlimmsten von allen, da sie betrunken aus irgendwelchen Kneipen kamen. Sie kannten keine Gnade oder Achtung vor dem Leben der Kinder.

»Haben Sie gehört, was ich gesagt habe?«

Julia Freitag sah Hübner an und erkannte einen dieser Männer in ihm. Sie musste sich zusammenreißen, um ihn nicht mit einer Vollbremsung durch die Windschutzscheibe zu katapultieren. Nein, das wäre zu wenig Schmerz für ihn. Stattdessen grinste sie gezwungen. Sie musste das Spiel noch eine Weile mitspielen.

»Bei mir wehrt sich selten jemand.«

»Ja, da wette ich drauf.« Er lachte auf. »Haben Sie denn auch Handschellen dabei, falls ich mich nicht kooperativ verhalte?«

»Wir sind hier zu einer Befragung, Herr Hübner. Und nicht auf einer Erotikmesse.«

»Die Erinnerungen an damals kramt man aber nicht allzu gerne wieder hervor. War 'ne schlimme Sache damals. Die ganze Zerstörung und das Leid an allen Ecken. Ich hoffe, Sie zeigen sich dafür erkenntlich, wenn ich sie schon unterstütze und extra dafür aus Hannover angereist bin.«

Nicht nur das, dachte sie und fühlte die aufgezogene Spritze im Fach der Fahrertür. Sie waren mittlerweile schon einige Kilometer außerhalb der Stadt in Richtung Rhön gefahren und befanden sich auf einer Landstraße. Sie entschied, dass nun der richtige Moment gekommen war. Ihre Finger fühlten die Injektion. Ihre Muskeln spannten sich, und das Adrenalin schoss durch ihre Blutbahn. Sie atmete noch einmal tief durch, als es in dem Lautsprecher des Polizeifunks knackte.

»Achtung, an alle verfügbaren Streifen. Gesucht wird Julia Freitag. Die Beamtin der Kriminalpolizei Fulda wird in Verbindung mit den Morden an Joachim Pogatetz sowie Michelle und Ferdinand Karstensen gebracht. Es gilt höchste Gefahrenstufe. Die Verdächtige ist bewaffnet.«

Hübner sah sie aus weit aufgerissenen Augen an. Er war nicht naiv und verstand sofort den Zusammenhang zwischen Freitag, den Morden und seinem Zusammentreffen mit ihr. Die Ader an seiner Schläfe trat pochend hervor, als er sich zu ihr drehte und in ihr Lenkrad griff.

35

Die Fahrt zurück nach Fulda glich einem Autorennen. Der Kommissar ahnte, dass er sich beeilen musste. Trotz der Kälte spürte er den Schweiß unter seinen Achseln. Als er seine Gedanken einigermaßen geordnet hatte, wählte er die Nummer des Präsidiums.

»Ammer.«

»Hören Sie jetzt genau zu, Ammer. Ich weiß, wer hinter den Morden steckt.«

»Herr Kommissar?«

»Ja, verdammt. Hören Sie was ich gerade gesagt habe?«

»Sie sagten, Sie wissen, wer hinter den Morden steckt.«

»Es ist Julia Freitag. Ich denke, sie rächt sich auf diese Weise an den Männern, die für den Tod ihrer Schwester verantwortlich sind.«

»Was?«

»Ich erkläre es ihnen später. Ich bin jetzt in der Höhe von Schlüchtern und in circa zwanzig Minuten wieder in Fulda. Finden Sie in der Zeit die Adresse von Freitag heraus und geben Sie sie mir durch. Verständigen Sie außerdem Kohler. Wir treffen uns dann direkt vor Ort.«

»Okay …«

Seeberg beendete das Gespräch und versuchte, sich auf das Fahren zu konzentrieren. Es gelang ihm nicht. Stattdessen nahm die Erinnerung an eine Situation langsam Gestalt an. Es war eine Äußerung, die Freitag am Tatort von Michelle Karstensen gemacht hatte und die nun einen ganz anderen Sinn ergab.

»Der Mörder muss eine persönliche Motivation besitzen, um solche Morde zu begehen. Wie eine Mission, die er zu erfüllen hat.«

Es fröstelte ihn, und er umgriff das Lenkrad so fest mit seinen Händen, dass die Knöchel weiß hervortraten. Wie konnte er das nur überhört haben? Das war nicht Freitags professionelle Einschätzung der Lage, sondern eine Erklärung der Mörderin. Sein Puls beschleunigte sich und er wurde kaltschweißig. Ein Griff in seine Jackeninnentasche bestätigte ihm seine Ahnung. Die Tabletten in dem Döschen waren aufgebraucht. Er warf es fluchend auf den Beifahrersitz und hoffte, dass er durchhalten würde. Zeit, sich neue Medikamente zu besorgen, hatte er nicht. Plötzlich knackte es im Funk des Wagens.

Seeberg ahnte Fürchterliches. Ammer würde doch nicht so dumm sein ... Doch nach wenigen Sekunden bestätigte sich auch diese Befürchtung des Kommissars. Ammer hatte eben streng nach Vorschrift gehandelt, aber damit Freitag einen Vorsprung verschafft. Es knackte kurz in der Leitung, dann kam eine Suchmeldung über den Sprechfunk.

»Achtung, an alle verfügbaren Streifen. Gesucht wird Julia Freitag. Die Beamtin der Kriminalpolizei Fulda wird in Verbindung mit den Morden an Joachim Pogatetz, sowie Michelle und Ferdinand Karstensen gebracht. Es gilt höchste Gefahrenstufe. Die Verdächtige ist bewaffnet.«

»Dieser Idiot!« Seeberg hämmerte auf das Lenkrad ein und drückte das Gaspedal durch.

36.

»Du elendige Schlampe willst mir an den Kragen. Genau wie Pogatetz und Karstensen. Du willst mich nicht zu meinen Erinnerungen damals in Thailand befragen. Du willst mich auch abschlachten ... genau wie Ferdi und Jo.«

»Halt's Maul, Arschloch.«

Sie konnte den Griff ins Lenkrad abwehren und steuerte ihrerseits nun einen Angriff an. Ihre Hand hielt noch immer die Spritze fest umschlossen. Mit einer einzigen schwungvollen Bewegung fuhr sie herum. Hübner hatte keine Zeit, sich zu wehren. Die Injektion traf ihn in Höhe seiner linken Schulter zwischen Schlüsselbein und Hals. Julia Freitag presste die Spritze tief in das Fleisch, bis sie einen Widerstand spürte und die Nadel an einem Knochen abbrach.

»Du Fotze!« Hübner griff sich reflexartig an den Hals. Doch es war zu spät. Die Flüssigkeit verteilte sich bereits in seinem Körper. Hastig fingerte er an seinem Türgriff. Vergeblich! »Lass mich sofort aussteigen.« Er begann auf Freitag einzuschlagen und traf sie an der Nase. Sofort schoss ihr Blut über Mund und Hals, und sie drohte bewusstlos zu werden. Mit letzter Kraft gelang es ihr, den Wagen am Fahrbahnrand zu stoppen. Sie wusste, dass Hübner ihr überlegen war und sie ihm nicht lange standhalten konnte. Aber das musste sie auch nicht. Die Wirkung der Spritze würde jeden Moment einsetzen. Sie kratzte und setzte all ihre Kraft ein, um den stämmigen Mann in Schach zu halten. Dann wurden Hübners Schläge endlich schwächer, und seine Arme begannen, nur noch schlaff wie bei einem Betrunkenen zu pendeln. Er kippte nach vorn.

»Arschloch«, fluchte sie, als es plötzlich neben ihr ans Fenster der Fahrerseite klopfte. Julia Freitag fuhr erschrocken herum. Eine ältere Frau auf dem Fahrrad hatte neben dem Auto gehalten und hatte die Auseinandersetzung im Fahrzeug wohl bemerkt. Aufgeregt fuchtelte sie mit ihren Händen herum.

Julia Freitag ließ das Fenster herunter und giftete die Frau an. »Was wollen Sie?«

»Was ich will?« Erstaunt richtete sich die Frau auf. »Na, ich wollte Ihnen helfen. Ich habe alles genau gesehen. Der Mann hat sie angegriffen. Wenn Sie möchten, rufe ich die Polizei. Ich wohne dort vorn im nächsten Dorf.« Die alte Dame schob die Kapuze ihres Regencapes zurück, dann begutachtete sie Freitags Verletzung. »So ein Schwein! Und das am helllichten Tag.«

»Nein, keine Polizei.«

»Wie bitte? Warum denn das nicht?«

»Weil, weil das … das ist mein Vater«, log sie. »Er ist Alkoholiker.«

»Hilfe, helfen Sie mir …«, stammelte Hübner vor sich hin. Er versuchte sich bemerkbar zu machen, aber seine Kräfte schwanden rapide.

Die Radfahrerin schaute verdutzt. »Alkoholiker? Er wollte Sie also nicht vergewaltigen?«

»Nein. Er hatte nur so eine Art Anfall.«

»Aber Sie sind verletzt. Sie bluten aus der Nase.«

»Ach, das ist nicht weiter schlimm.« Julia Freitag wischte sich mit dem Handrücken über die Nase. Es schmerzte höllisch. »Das ist nur ein Kratzer.«

Die Frau zuckte mit ihren Schultern, setzte sich ihre Kapuze wieder auf und fuhr in Richtung des Dorfes.

»Vergewaltigt«, schnaubte Freitag. »Das hat er schon längst getan.«

Um den Blutfluss zu stoppen, zog sie ihren Pullover aus und drückte ihn fest gegen die Nase. Die Suchmeldung brachte sie in Bedrängnis. Sie musste ihren Plan ändern. Sie musste noch mal in die Stadt. Wenn sie Glück hatte, war sie noch vor den Kollegen bei sich zu Hause und konnte ihre Spuren verwischen, bevor sie in die Wohnung eindrangen. Und wenn nicht, hatte sie auch für diesen Fall vorgesorgt. Sie war froh, dass sie schon vor Wochen alle Vorkehrungen dafür getroffen hatte. Kies spritzte hinter dem Fahrzeug auf, als sie wendete und in entgegengesetzter Richtung davonfuhr.

37.

Die Wohnung war spärlich eingerichtet. Auf den Kommissar wirkte sie so, als ob jemand kurz vor dem Auszug stand oder nie wirklich eingezogen war. Geradeso, als ob Freitag immer auf Abruf gestanden hätte, jeden Tag verschwinden zu müssen. Weder Fotos noch andere persönliche Gegenstände befanden sich in der Wohnung. Hier war kein Platz für Erinnerungen oder Liebe. Es erinnerte ihn an sein eigenes Zuhause. Hier lebte jemand, den die Gesellschaft eher nervte, als dass er daran teilnahm. Jemand, der es vorzog, sich von dem Leben abzukapseln, als es in die Arme zu schließen.

»Noch mal sorry,« entschuldigte sich Ammer zum fünften Mal. »Ich war zu aufgeregt und nervös. Da habe ich einfach den normalen Ablauf eingeleitet, wie wir ihn auf der Polizeischule gelernt haben.«

»Vergessen Sie es.« Seeberg atmete tief ein. »Schauen Sie sich jetzt lieber nach verwertbaren Spuren um. Adressen von Freunden und Bekannten. Postkarten, Briefe, Hotelrechnungen. Sie kann noch nicht alles beseitigt haben. Wenn wir wissen, wer sie wirklich ist, wissen wir auch, wo sie ist.«

Ammer nickte aufgeregt und machte sich sogleich an die Arbeit.

Auch der Kommissar sah sich um und ging in die Küche. Er wühlte im Mülleimer, fand darin aber nur Verpackungen und Bio-Abfälle.

»Stimmt das wirklich?« Kohler war zu ihnen in die Wohnung geeilt. Nun stand er kurzatmig neben dem Kommissar in der Küche und hielt den Ausdruck des Fahndungsfotos in seinen Händen.

»Da gibt es wohl kaum noch Zweifel, Reinhard.«

»Unsere Freitag, unfassbar.« Kohler zerknäulte den Ausdruck und sah sich um. »Die Wohnung ist irgendwie seltsam. So steril.«

»Ja, ist mir auch schon aufgefallen.«

»Normalerweise richtet man sich doch einen Rückzugsort ein, eine Insel, auf die man sich flüchten kann. Aber hier fehlt es an jeglicher Wärme und Individualität. Es wirkt eher wie eine Musterwohnung in einem Möbelhaus.«

»Sie war eben nur auf ihre Aufgabe fixiert. Eine Wohnung benötigte sie nicht, eher eine Basis, eine Einsatzzentrale. Und das hat sie sich hier geschaffen.«

Sein Handy klingelte.

»Ja? Seeberg.«

»Sie haben es also herausgefunden.«

Seeberg erkannte die Stimme sofort. »Freitag?«

»Es war mir von Anfang an klar, dass Sie auf die Spur von mir und meiner Schwester kommen würden. Ich dachte nur nicht, dass es so schnell gehen würde.«

Kohler und der Kommissar tauschten erstaunte Blicke. Kohler machte darauf eine kreisende Bewegung mit dem Zeigefinger. Seeberg verstand, dass er das Gespräch am Laufen halten solle. Beide wussten, dass es vielleicht nur diese eine Chance geben würde. Seeberg kam der Gedanke, dass er sie reizen musste, wenn er eine Chance haben wollte, dass sie sich verplapperte und damit einen Hinweis auf ihren Aufenthaltsort gab.

»Ich war am Grab Ihrer Schwester.«

»Ich war lange nicht mehr dort. Ich ertrage es einfach nicht, dass sie nicht mehr da ist.«

»Es tut mir leid, was ihr passiert ist.«

»Ja, ich weiß. Sie können es wahrscheinlich wirklich nachempfinden. Deswegen können Sie mich sicher auch verstehen, dass ich es zu Ende bringen muss.«

»Zu Ende bringen? Was meinen Sie damit? Was müssen Sie zu Ende bringen. Haben Sie noch einen weiteren Mord geplant?«

»Warten Sie es einfach ab. Und nun verschwinden Sie aus dem Haus.«

Der Kommissar ging zum Fenster hinüber, er schob die Gardine einen Spalt zur Seite und musterte die Straße vor dem Haus. Dazu gab er Kohler ein Handzeichen, dass er einen Polizisten nach unten schicken sollte. Julia Freitag musste irgendwo in der Nähe sein.

»Woher wissen Sie, dass ich hier bin?«

»Das tut nichts zur Sache. Verschwinden Sie aus dem Haus. Ich möchte nicht, dass Unschuldige verletzt werden.«

»Wie meinen Sie das? Bei Michelle Karstensen hat Sie das doch auch nicht interessiert.«

Für einen Moment blieb es stumm am anderen Ende.

»Das war so nicht geplant.«

»Mensch, Freitag. Machen Sie es doch nicht noch schlimmer, als es schon ist. Lassen Sie uns reden. Sie sind noch jung. Werfen Sie Ihr Leben doch nicht weg.«

»Ich erwarte aber gar nichts mehr vom Leben. Ich bringe das zu Ende, und dann war's das.«

Der Kommissar versuchte im Dunkel der Straße etwas zu erkennen. Sie musste irgendwo dort unten sein. Und tatsächlich, gerade als der Polizist die Straße betrat, heulte einige Meter entfernt ein Auto auf und fuhr mit quietschenden Reifen davon.

»Sie wollten den Laptop holen, den Sie aus dem Haus von Karstensen gestohlen haben? Dort befinden sich wahrscheinlich noch Fotos und Hinweise der weiteren potenziellen Opfer darauf. Aber den bekommen Sie nun nicht mehr.«

»Denken Sie wirklich, dass es mir jetzt noch um meine Identität geht. Sie wissen doch längst, dass es um mich und meine Schwester geht. Und jetzt sehen Sie zu, dass Sie aus der Wohnung wegkommen. Dort fliegt gleich alles in die Luft.«

Das war das Letzte, was Julia Freitag sagte, dann wurde das Gespräch unterbrochen.

»Verdammt!« Seeberg wirbelte herum. »Bombe! Raus hier! Alle raus, und zwar sofort.«

Die Beamten rannten die Treppen hinunter und forderten die Nachbarn auf, die allesamt schon voller Neugier im Treppenhaus standen, ihre Wohnungen zu verlassen. Kaum dass sie das Haus verlassen hatten, setzte eine Explosion ein, die die Fenster der oberen Etage zerbersten ließ. Glassplitter flogen durch die Luft und landeten auf der Straße. Als Seeberg den Kopf hob, loderten bereits die ersten Flammen aus den Fenstern des Gebäudes.

»Sind alle okay?« Seeberg schaute sich um und erkannte sowohl Kohler als auch Ammer neben sich auf dem Asphalt liegen.

»Ja.« Kohler nickte. Seine Stirn blutete, ansonsten schien er es aber unbeschadet überstanden zu haben. »Ich werde langsam zu alt für so was.«

Der junge Ammer richtete sich auf und sah zu den Flammen hinauf.

»Was war das?«

»Das war eine überaus konsequente Art, sich aus seinem alten Leben zu verabschieden und alle Spuren und Hinweise darauf zu zerstören.«

»Die ist ja völlig verrückt geworden. Wir hätten dabei alle draufgehen können.«

»Was haben Sie da, Ammer?« Seeberg deutete auf den Gegenstand, den Ammer beim Sturz unter sich begraben hatte.«

»Das?« Ammer lächelte. »Das ist wohl Freitags Laptop. Ich habe ihn noch schnell eingesteckt, bevor Sie gerufen haben, dass gleich eine Bombe hochgehen würde.«

»Na, wenigstens etwas.«

38.

Als die Feuerwehr abgezogen war, gingen der Kommissar und die anderen Beamten noch einmal zurück in die ausgebrannte Wohnung von Julia Freitag. So ziemlich alles, was sich in der Wohnung befunden hatte, war der Hitze und dem Flammenmeer zum Opfer gefallen. Der Plan von Freitag war zumindest zum Teil aufgegangen.

»Wir haben hier was.« Einer der Feuerwehrleute kam aus der Küche herüber. »Es sieht so aus, als sei ein Brandsatz unter dem Spülbecken angebracht worden. Offenbar war er dort aber schon länger montiert und konnte mit Hilfe eines elektronischen Fernzünders ausgelöst werden.«

»Konnte man ihn von der Straße aus aktivieren?«

»Auf jeden Fall.«

Seeberg drehte sich zu den beiden Kollegen. »Sie hat also gewartet, bis wir draußen waren, und hat dann die ganz Bude in die Luft gejagt.«

»Wenn du mich fragst«, Kohler inspizierte das, was noch von dem Sprengsatz übrig geblieben war, »war das von langer Hand geplant. Die ganze Wohnung war doch darauf ausgerichtet, sie Hals über Kopf verlassen zu können.«

Ammer sah sich den Laptop in seinen Händen genauer an. »Das ist nicht Freitags Laptop.«

»Was sagen Sie?«

»Dass das nicht ihr Laptop ist.« Ammer schüttelte den Kopf. »Sie war eine dieser Appleverfechter und hatte ein Mac Book. Ich arbeite schon eine ganze Weile mit ihr zusammen, und wir haben uns da öfter drüber unterhalten. Das hier ist aber ein Acer.«

»Reden Sie deutsch mit mir, Ammer. Also ist das nicht der Computer von Freitag?«

»Nein. Das ist ein anderer Hersteller. Es könnte sich um den Laptop von Karstensen handeln.«

»Schauen Sie, ob Sie noch irgendwelche Daten davon retten können. Es scheint da ja zumindest etwas so Wichtiges drauf gewesen zu sein, dass Freitag dafür das Risiko eingegangen ist, erwischt zu werden.«

Ammer griff sich den Laptop und verließ die Wohnung. Seeberg und Kohler bewegten sich durch die Überreste der Wohnung und versuchten, weitere Anhaltspunkte zu sammeln. Der Kommissar beugte sich zu einem Bilderrahmen. Wenigstens einen persönlichen Gegenstand musste es also doch in der Wohnung gegeben haben. In der Mitte des Haufens fand er ein Bild, das seine Befürchtungen untermauerte.

»Was hast du da, Klaus?«

»Hier, sieh selbst.«

Der Kommissar hielt ihm den verbogenen Rahmen entgegen. Kohler strich die Staubschicht vom Schutzglas des Fotos und schwieg, als er die zwei Mädchen sah, die darauf vergnügt in die Kamera lächelten. Die Größere der beiden trug eine Zahnspange, während die Kleinere stolz an der Schulter der Schwester lehnte.

»Die zwei Mädchen sind Schwestern. Julia Freitag und ihre Schwester Valerie. Die Schweine haben die beiden Mädchen vergewaltigt, Reinhard. Ich erkläre es dir nachher in Ruhe.«

»Haben Karstensen und Pogatetz die beiden Mädchen …«

»Ja. Sie haben alle ihre gerechte Strafe erhalten. Ich kann Freitag verstehen.«

»Rede keinen Schwachsinn, Klaus. Du weißt genauso gut wie ich, dass das keine Lösung ist. Auch wenn es wirklich so sein sollte, dass Pogatetz, Karstensen und Cunningham diese Vergewaltigung begangen hatten, hätten sie angeklagt und vor ein ordentliches Gericht gestellt werden müssen.«

Seeberg musste lachen. »Ordentliches Gericht? Du weißt doch genau, wie so ein Verfahren aussieht. Es werden Gutachten erstellt und Experten berufen. Und am Ende gehen diese Typen mit einer Bewährungsstrafe nach Hause oder sind nach zwei Jahren wieder draußen, um weiter ihrer kranken Gier nachzugehen.«

»Das wissen wir nicht. Jedenfalls hat Freitag drei Morde begangen, vergiss das nicht.«

»Nein, natürlich nicht.« Seeberg nahm das Foto wieder an sich und schüttelte den Kopf. »Weißt du, was ich mich frage?«

»Was?«

»Jetzt, da wir wissen, wer hinter den Taten steckt, werden wir sie auch kriegen. Früher oder später geht sie uns ins Netz. Und sie als Polizistin weiß das. Ich denke, dass sie sich stellen oder sonst irgendeinen Schlusspunkt setzen wird. Aber flüchten? Nein.«

»Du hast recht. Es sei denn, ihr Racheplan ist noch nicht vollendet.«

»Genau. Ich denke, es gibt noch einen vierten Mann, der auf ihrer Liste steht.«

39.

Sie lenkte den Wagen in die Dämmerung, während links und rechts die Landschaft der Rhön vorbeiflog. Hübner lag noch immer bewusstlos neben ihr. Die Dosis war wohl doch etwas zu groß gewesen, und sie hoffte, dass er überhaupt nochmal aufwachen würde. So leicht durfte er nicht davonkommen. Viel mehr aber beschäftigte sie die Frage, ob Seeberg und die anderen alle unversehrt geblieben waren. Sie hatte schnell handeln müssen, und einen anderen Ausweg hatte es ihrer Meinung nach nicht gegeben. In jedem

Krieg gab es Kollateralschäden. Und es war Krieg. Es war ihr Krieg.

Ob sie ihr schon auf den Fersen waren? Sie schätzte, dass sie wenigstens zwei, drei Tage Vorsprung hatte. Dann müsste sie sich um ein neues Versteck kümmern. Aber dann wäre zumindest der wichtigste Teil ihres Racheakts in die Tat umgesetzt. Diese Erkenntnis beruhigte sie, als sie den Wagen durch die schmale Einfahrt steuerte und in dem alten Schuppen abstellte. Sie wartete noch zwanzig Minuten in dem Holzverschlag, bis die Dämmerung alles mit einem schwarzen Schleier bedeckt hatte. Dann öffnete sie die Beifahrertür und zerrte den massigen Körper aus dem Auto über die Wiese bis zum alten Kohlenschacht des Hauses. Der reglose Körper war schwerer, als sie vermutet hatte, und sie musste alle Kraft aufbringen, um an ihr Ziel zu gelangen. Trotz der Kälte schwitzte sie und rutschte einige Male auf dem feuchten Gras aus.

Am Kohlenschacht öffnete sie die beiden Holzklappen und ließ Hübner in das Loch in den Keller hinabrutschen. Dann stieg sie hinterher und zog ihn die restlichen Meter zu dem vorbereiteten Zimmer. Sie stöhnte auf, als sie den Mann auf das Bett bugsierte. Dann begann sie, Hübner auszuziehen und die Kleider vor dem Bett zusammenzulegen. Als Letztes band sie dem nackten Mann die Beine an den Bettpfosten fest und fixierte seine Hände mit zwei Paar Handschellen.

»Da hast du deine Handschellen, du Schwein.«

Sie spuckte in Hübners Gesicht und war beruhigt, als sie sah, dass sich dessen Brustkorb bewegte. »Gut so. Wenn ich morgen wiederkomme, werden wir ein bisschen zusammen spielen, Schätzchen.«

40.

Im Labor der Datensicherung starrten alle Anwesenden gebannt auf den großen Beamer, der die gesicherten Dateien an die Wand warf. Neben Kohler und Ammer hatte es sich auch Bornemann nicht nehmen lassen, sich die Ergebnisse vorführen zu lassen. Er ging geradewegs auf einen Kollegen am Schreibtisch zu.

»Wie ist Ihr Name?«

»Goran, Goran Pavlovic.«

»Gut, Herr Pavlovic. Und Sie sind also der Fachmann für Datensicherung?«

»So ist es, Herr Bornemann.«

»Und, was haben wir?«

Der Mitarbeiter tippte in wilder Folge einige Codes in seinen PC, der wiederum mit der gesicherten Festplatte verbunden war.

»Ja, da scheinen sogar eine ganze Menge Foto-dateien drauf zu sein. Kleinen Moment noch. Das haben wir gleich.«

Im nächsten Moment baute sich auf der weißen Wand eine Reihe von Ordnern auf, die alle fein säu-berlich nach dem Datum aufgelistet waren.

Seeberg konnte die Spannung kaum ertragen. »Ge-hen Sie auf das Jahr 2004.«

Die Finger des Mitarbeiters flogen noch schneller über die Tastatur, und schon öffnete sich der ge-wünschte Ordner. Zunächst bauten sich einige Fo-tos der Flutkatastrophe auf. Zerstörte Häuser und Straßenzüge, die als solche kaum mehr zu erkennen waren. Es folgten Aufnahmen von Bord der *Berlin.* Seeberg erkannte Pogatetz und Karstensen auf eini-gen der Bilder wieder.

»Das ist wirklich der Rechner von Karstensen.« Bornemann klatschte zufrieden in die Hände. »Was sind das für Fotos? Was macht er dort?«

»Das erklären wir Ihnen später, Bornemann.«

Die weiteren Fotos zeigten die beiden Männer in einer Bar zusammen mit einem dritten Mann, den Seeberg aber nicht zuordnen konnte. Die meisten Aufnahmen dieses Mannes waren leider ziemlich un-scharf. Er war größer als die beiden anderen Männer. Er stand mit Karstensen und Pogatetz in einer Bar und wirkte nicht erfreut, fotografiert zu werden. Nur ein Foto war gut genug, um ihn genauer erkennen zu können. Der Mann war Ende vierzig, Anfang fünfzig, trug ein weißes Hemd mit Emblem und Bluejeans.

»Ist das Cunningham?«, fragte der Kommissar in Ammers Richtung.

»Nein, keine Ahnung, wer das ist. Aber Cunningham ist es auf keinen Fall. Der war viel älter und hatte eine andere Statur.«

Immer mehr Bilder poppten auf dem Bildschirm auf. Und dann kam das, was jeder vermutet hatte. Nur war es viel heftiger als alles, was sie bisher von Pädophilen gesehen hatten. Das Ergebnis war so erschütternd, dass Pavlovic reflexartig seine Finger von den Tasten nahm.

»Du lieber Gott, was ist das denn?«

Schier unendliche Fotostrecken mit widerwärtigen Fotos wurden geladen. Die Qualität war nicht sonderlich gut, da die Aufnahmen alle relativ dunkel und ohne Blitz aufgenommen worden waren. Aber man erkannte immer noch jeden Einzelnen von ihnen. Junge, meist thailändische Mädchen, die halbnackt in einer Baracke vor sich hin vegetierten, und Kinderkörper, an denen die Reizwäsche schlaff herunterhing, da sie ihnen einfach noch nicht passen konnte. An den Wänden erkannten die Beamten Foltergegenstände wie in einem mittelalterlichen Museum.

Der nächste Ordner mit Bildern wurde geöffnet, und das Grauen schien kein Ende mehr nehmen zu wollen. Doch alles Gesehene war nichts gegen den letzten Ordner, der mit dem Titel ACTION beschriftet war. Hier hatte sich Karstensen selbst in Szene setzen lassen und sich dabei fotografiert, wie er die jungen Mädchen vergewaltigte und quälte. Nach den ersten zehn Bildern hatten die Ermittler genug.

»Machen Sie den Dreck aus! Das kann man sich ja nicht anschauen.«

Es war totenstill in dem Büro geworden. Keiner der Anwesenden sagte mehr ein Wort. Selbst für so erfahrene Beamte waren diese Bilder unerträglich.

»Ich muss mal kurz raus«, verabschiedete sich Pavlovic, und Ammer folgte ihm.

Seeberg sah zu den beiden verbliebenen Männern herüber. »Ich bin mir sicher, dass wir da auch Fotos von Julia und ihrer Schwester finden.«

Bornemann lehnte sich in seinem Stuhl zurück. »Na, dann fangen Sie mal an, meine Herren. Ich denke, Sie sind mir ein paar Erklärungen schuldig.«

41.

Klaus Seeberg rührte sich nicht. Über eine Stunde hatte er versucht, in den Schlaf zu finden. Unruhig hatte er sich zunächst von einer Seite auf die andere gedreht, bis er es vorzog, still zu verharren. Nun lag er stumm da, lauschte seiner eigenen Atmung. Er musste sich dringend neue Medikamente besorgen. Sein früherer Arzt hatte ihm geraten, die Medikamente nur anfänglich zu nehmen, wenn die depressiven Schübe noch am stärksten waren. Doch die Schübe ließen nicht nach, sondern verstärkten sich sogar noch. Mit der Zeit dosierte er sich die verschiedenen Pillen und Tabletten selbst, und schon bald wurden sie zu seinem ständigen Begleiter, ohne die gar nichts mehr zu funktionieren schien. Die Namen der Medikamente konnte er sich nie merken, aber die Verpackungen und Logos erkannte er sofort wieder, wenn er sie in der Apotheke vor sich sah und sie in seine Taschen verstaute.

Die Eingebung traf ihn wie ein Fausthieb.

War er wirklich so blind gewesen?

Wie konnte er das übersehen haben?

Sofort saß er senkrecht. Er stand auf und eilte in die Küche. Dort hatte er die Unterlagen abgelegt, die er aus dem Büro mitgenommen hatte.

»Wo ist es?«, flüsterte er, während er in dem Stapel wühlte. Den Schlüssel zum Haus fand er sofort. Und unter den Tatortfotos schließlich auch den gewünschten Ausdruck. Die Qualität war schlecht. Aber es würde genügen. Hastig zog er sich Hose und Pullover über und schlüpfte in seine Schuhe. Er war von dem Gedanken so fasziniert, dass er seine Jacke an dem Kleiderhaken im Flur vergaß, als die Tür hinter ihm ins Schloss fiel. Erst als er vor die Tür trat und sein Auto öffnete, kroch die Kälte durch seine dünne Kleidung. Er fluchte, als er den Wagen anließ und in Richtung Frauenberg fuhr. Über die Leipziger Straße waren es keine zehn Minuten bis zu dem Haus der Karstensens. Als er ankam, erkannte er, dass es noch immer versiegelt war. Der Kommissar stieg über das Absperrband und öffnete das Siegel der Haustür. Dann steckte er den Schlüssel in das Schloss und drehte ihn. Die Tür ging auf, und der Kommissar trat in den dunklen Flur. Aus dem Wagen hatte er seine Taschenlampe mitgenommen, die allerdings immer wieder zu flackern begann. In dem Haus steuerte er auf die Wand mit den Bildern zu. Im Lichtkegel der Taschenlampe überprüfte er jedes einzelne.

»Wo ist es?«, fragte er sich laut. Dann sah er es. Er nahm es von der Wand und verglich es mit dem Foto, das er mitgebracht hatte. Es gab keinen Zweifel. Das Logo war identisch. Er klemmte sich die beiden Bilder unter den Arm und verließ das Haus wieder. Dann wählte er eine Nummer.

»Kohler.«

»Reinhard, du musst sofort ins Präsidium kommen. Wir treffen uns in zwanzig Minuten dort. Bring auch Ammer mit, wir können ihn vielleicht gebrauchen.«

»Was?«, stotterte Kohler mit schlaftrunkener Stimme. »Was ist los, Weißt du, wie viel Uhr es ist?«

»Komm einfach. Ich weiß jetzt, wie wir an den Namen des dritten Mannes auf dem Foto kommen können.«

»Was meinst du?«

Kohler und Ammer waren wie gefordert zwanzig Minuten später auf das Gelände der ehemaligen Kaserne geeilt, wo das Polizeipräsidium nach dem Abzug der US-Streitkräfte in der Severingstaße untergebracht worden war. Der Kommissar war bereits vor ihnen im Büro und hatte die beiden Fotos nebeneinander auf den Schreibtisch gelegt. Nun versuchte er den beiden Männern zu erklären, was er meinte. Doch zumindest Kohler konnte auch nach mehrmaligem Hinsehen nichts Außergewöhnliches daran erkennen.

»Mensch, Reinhard, dort oben, über dem Kopf von Karstensen. Das ist doch irgendein Firmenlogo.«

»Kann sein. Aber selbst wenn, was soll das schon bedeuten? Wir wissen ja nicht einmal, ob das Foto in Thailand oder in irgendeinem anderen Land auf dieser Erde gemacht wurde.«

»Das könnte in der Tat der Fall sein. Aber jetzt

schau auf das andere Foto, wo alle drei in dieser Kneipe sitzen. Was siehst du am Kragen des unbekannten Manns?«

Kohler öffnete seine Schreibtischschublade und kramte seine Lupe hervor. »Moment.«

»Ah, Sherlock, da bist du ja wieder.«

»Halt die Klappe, Klaus. Deine Augen werden auch nicht mehr besser.«

Es war schwer zu entziffern. Doch dann konnte es auch Kohler erkennen. Es handelte sich um das identische Firmenlogo. Und da es sich um keine asiatische Schrift handelte, konnte man es sogar ziemlich gut identifizieren.

»Du hast recht, Klaus. Das ist dieselbe Firma.«

»Sag ich doch. Müsste schon ein großer Zufall sein, wenn Karstensen zweimal auf einem Foto mit diesem Logo zu sehen ist. Ich denke, dass beide Fotos aus Thailand stammen und dass der dritte Mann auf dem Foto ein Angestellter dieser Firma ist. Und wenn wir die Firma ausfindig machen können …«

»… dann bekommen wir auch den Namen des Mannes«, beendete Ammer den Satz.

Seeberg nickte. »Finden Sie raus, um welche Firma es sich handelt.«

»Darf ich?« Ammer streckte seine leere Hand aus, und Kohler übergab ihm die Lupe. Sogleich beugte er sich über das Foto und versuchte, den Schriftzug zu identifizieren. »Ich denke, das heißt Pollmann. Ich schau gleich mal im Internet, ob wir dazu was finden.«

Die Finger des jungen Kollegen flogen über die Tastatur, und schon nach wenigen Klicks hatte Ammer etwas gefunden und tippte gegen den Bildschirm vor sich.

»Na, das war leicht. Hier, ich habe was. Das ist das Logo. *Pollmann int.* ist eine Firma in Hannover, die Wasserfilter und mobile Wasserentsalzungsanlagen herstellt.«

»Wasserfilter?«, wiederholte Seeberg. »Das klingt logisch. Ich weiß, dass nach dem Tsunami in Thailand eines der größten Probleme die Aufbereitung von Trinkwasser war. Es war ja alles zerstört, und die Gefahr von Epidemien war groß.«

Kohler nickte. »Und ich könnte wetten, dass diese Firma eng mit den anderen deutschen Firmen und Behörden zusammengearbeitet hat.«

Der Kommissar sah zur Uhr an der gegenüberliegenden Wand. Es war kurz nach sieben. Wenn sie Glück hatten, war schon jemand bei *Pollmann int.* im Büro.

42.

»Mein Name ist Seeberg von der Kriminalpolizei in Fulda. Spreche ich mit Herrn Pollmann persönlich?«

Sie hatten Glück. Wie die Sekretärin erklärte, war der Chef der Firma ein Frühaufsteher und bereits seit kurz nach sechs in seinem Büro.

»Ja. Gustav Pollmann. Was verschafft uns die zweifelhafte Ehre, dass uns die Kriminalpolizei anruft?«

»Das ist ganz einfach. Wir hoffen, dass Sie uns bei der Suche nach einem Mann helfen können. Es könnte sein, dass er in großer Gefahr schwebt.«

»Und wie kann ich Ihnen da helfen?«

»Es existiert ein Foto, das eine ihrer Anlagen zeigt. Außerdem noch drei Männer. Vielleicht können Sie uns sagen, ob das eine Ihrer Anlagen ist, wo sie sich befindet und ob einer dieser Männer Ihnen bekannt vorkommt.«

»Das sind aber eine Menge Fragen. Aber ich will Ihnen gerne helfen und schauen, was sich machen lässt.«

»Mein Kollege Ammer hat ihrer Sekretärin bereits die beiden Fotos per Mail geschickt. Sie müssten Ihnen also vorliegen.«

Seeberg konnte hören, wie sich Herr Pollmann genau in diesem Moment mit jemandem unterhielt. Dann ertönte wieder seine Stimme im Apparat.

»Ja, meine Sekretärin reicht sie mir gerade rein.«

»Und, ist das eine Ihrer Anlagen im Hintergrund?«

Eine kurze Pause entstand, während der Firmenchef die Fotos inspizierte.

»Zweifelsohne. Das müsste eine unserer Anlagen im Süden Thailands sein. Wahrscheinlich Phang Nga. Wir haben damals nach dem Tsunami zwei Anlagen zur Grundversorgung in Thailand errichtet. Eine in Phang Nga und eine im Hinterland von Ranong. Und diese hier ist in Phang Nga, ja, ich bin mir sicher.«

»In der Provinz Phang Nga in Thailand?«

Seeberg und Ammer wechselten einen Blick. Die Anlage befand sich also am selben Ort wie Cunninghams Firma. Das konnte kein Zufall sein. Seeberg hatte recht behalten.

»Absolut sicher.«

»Können Sie uns sagen, was dieser Mann dort verloren hatte? Sein Name ist Ferdinand Karstensen.«

»Nein, das kann ich Ihnen leider nicht sagen. Und der Name sagt mir auch nichts. Normalerweise dürfen sich keine Privatleute innerhalb der Anlagen aufhalten, aber damals war dort alles etwas chaotisch. Da hat man es mit den Vorschriften wohl nicht allzu ernst genommen. Aber Sie können Herrn Hübner gerne selbst fragen, er kann ihnen sicherlich mehr dazu sagen.«

»Herr Hübner?«

»Ja, der Mann auf dem anderen Foto neben den Herren ist unser Mitarbeiter Karl Hübner. Er ist damals einer unserer Männer vor Ort gewesen. Ein langjähriger, erfahrener Mitarbeiter. Er hat doch keine Probleme, oder?« Die Stimme des Firmenchefs klang besorgt.

»Das können wir Ihnen leider noch nicht sagen. Können wir mit Herrn Hübner sprechen?«

»Natürlich. Ich lasse ihn sofort durchrufen. Wenn Sie gerade dranbleiben möchten.«

Herr Pollmann gab seiner Sekretärin die Anweisung, nach Herrn Hübner zu suchen. Der Kommissar wusste, dass dies eine einmalige Chance darstellte. Der Kommissar war sich sicher, dass das der Mann war, der noch auf Freitags Liste fehlte. Sie müssten Hübner also rund um die Uhr überwachen. Früher oder später würde Freitag auftauchen und ihnen ins Netz gehen.

»Hören Sie?«

»Ja.«

»Wir können uns das nicht recht erklären, aber ...«

»Aber was?«

»Das ist ungewöhnlich. Hübner hatte sich gestern einen Tag Urlaub genommen und ist heute nicht zur Arbeit erschienen. Er ist aber eigentlich ein sehr zuverlässiger Mitarbeiter.«

Sie waren einen Tag zu spät auf die Spur gestoßen. Jetzt, da war sich Seeberg sicher, würde dieser Hübner sich bereits in den Fängen von Freitag befinden oder sogar schon tot sein.

43.

Der Kommissar starrte stumm zur Decke. Ammer saß ihm am Schreibtisch direkt gegenüber und blickte ab und an auf, ohne jedoch ein Wort zu sagen. Seeberg spürte die Blicke und fragte sich, ob der junge Kollege seine Unsicherheit spürte. Und wenn schon! Sollte er doch denken, was er wollte. Das Einzige, was zählte, war, Freitag ausfindig zu machen. Aber wo könnte sie mit Hübner abgetaucht sein? Sie hatten mit Hilfe von Hübners Frau rekonstruieren können, dass er gestern früh ein Bahnticket nach Fulda gelöst hatte und auch in den ICE gestiegen war. Man konnte also davon ausgehen, dass die beiden Zielpersonen sich noch in der Region aufhalten mussten. Die Fahndung nach Freitags Wagen war ja dank Ammers Übereifer sehr früh herausgegangen, so dass ihre Kollegin sicherlich nicht den Fehler machte, durch die Lande zu fahren. Aber wohin war sie untergetaucht? Ihre Wohnung war zerstört, Hotels und Pensionen wurden überprüft. Auch das wusste Freitag. Sie würde nicht mit Hübner in ein Hotelzimmer gehen, wie es bei Pogatetz der Fall gewesen war.

Zunächst dachte der Kommissar, dass sie wie jeder Verdächtige versuchen könnte, bei Freunden oder Verwandten unterzutauchen. Aber es gab keine Familie mehr in ihrem Leben. Sie hatte sich in den letzten Jahren völlig zurückgezogen und war nur ihrer Rache gefolgt.

»Sie ist eine Polizistin«, murmelte er leise vor sich hin.

Ammer sah erneut zu ihm. »Was haben Sie gesagt?«

»Ach, nichts.« Seeberg vergrub seinen Kopf in beiden Händen und dachte nach. Freitag weiß, dass man sie früher oder später finden wird. Sie kennt die Abläufe und weiß, dass jeder Gesuchte irgendwann einen Fehler macht. Und sie hatte bereits einige Fehler gemacht.

Der Grabstein ihrer Schwester, die Blumen ...

Seeberg nahm sich ein weiteres Mal die Fotoabzüge vor und blickte angestrengt darauf. Er hatte sie in der letzten Stunde gut ein Dutzend Mal vor sich ausgebreitet, als würde sich darin ein geheimer Code befinden, den es zu entschlüsseln galt.

Irgendwo vor ihm lag die Lösung.

Ein winziges Detail, das er übersehen hatte.

Immer wieder musterte er jeden Zentimeter auf den Fotos. Die entkleideten Leichen, die Einstiche, die zusammengelegte Kleidung, die Blumen ... die Blumen. Die Blumen? Die Blumen!

Er spürte, wie das Adrenalin seine Muskeln verkrampfen ließ. Sein Magen schien sich zusammenzuziehen und sein Herz für einen Moment schneller zu schlagen.

»Ammer, die Liste.«

»Welche Liste?« Der junge Beamte schreckte hinter seinem Schreibtisch auf.

»Die Liste mit den Namen der Händler.«

»Der Blumenhändler?«

»Ja, verdammt. Beeilen Sie sich.«

»Warten Sie, die habe ich hier.«

Ammer wühlte in einem Stapel Dokumente und zog einen der Zettel hervor.

»Wir haben da nicht konsequent genug recherchiert. Wir haben uns einfach so abschütteln lassen.«

»Aber die Unternehmen haben uns doch ihre Listen übermittelt, an wen sie die Pflanzen verkauft haben. Es war nichts Auffälliges dabei. Und ansonsten gibt es keinen offiziellen Weg, sie zu beziehen.«

»Eben drum. Freitag ist keine Händlerin. Sie muss sich die Blumen also auf anderem Wege beschafft haben. Auf illegalem Weg. Und wenn sie das hat, hat das der Händler sicher nicht in seinen Listen vermerkt.«

»Verstehe. Aber nach was suchen Sie jetzt?«

»Diese exotischen Pflanzen sind doch so wahnsinnig empfindlich. Man kann sie also nicht Hunderte Kilometer in einem Auto transportieren. Es müsste also ein Händler sein, der aus der Nähe kommt. Außerdem muss es ein riesiger Aufwand sein, diese Pflanzen zu züchten. Freitag muss sich also auch teures Equipment gekauft haben oder sich ein Gewächshaus angemietet haben. Wenn wir Glück haben, kann sich der Händler daran erinnern und uns eine Adresse nennen.«

Seeberg überflog die Liste und stoppte beim dritten Unternehmen.

»Gartenbau und Blumenhändler Janson. In Bad Brückenau. Das könnte passen. Ansonsten gibt es keinen Händler in weniger als zweihundert Kilometer Entfernung.«

»Und jetzt?«

»Sie bleiben hier im Büro, Ammer. Ich melde mich, sobald ich etwas herausgefunden habe.«

Der Kommissar riss die Adresse und Telefonnummer vom Blatt ab, lief in Richtung des Aufzugs und versuchte die Nummer zu wählen, doch immer setzte nur ein Band am anderen Ende an.

»Verdammt.«

Nervös drückte er mehrmals auf den Knopf des Aufzugs, der sich jedoch Zeit ließ. Nervös tippelte er von einem Fuß auf den anderen, bis sich endlich die Türen öffneten und er einsteigen konnte.

44.

Nach Bad Brückenau gelangte man über die A7 relativ zügig. Seeberg hatte keine Probleme, die angegebene Adresse zu finden. Das Geschäft war jedoch ziemlich heruntergekommen und verschlossen, als der Kommissar ankam. Seeberg lief um das Gebäude herum, um einen anderen Zugang zu finden, und erkannte ein offenes Tor. Nach wenigen Metern sah er einen Mann, der in einem der Gewächshäuser arbeitete. Er kniete in einem Blumenbeet und schwitzte stark.

»Sind Sie Peter Janson?«

Der Mann drehte sich um und schaute den Kommissar mit mürrischem Blick an. Dann stand er auf und stützte sich dabei auf einen Spaten.

»Wer will das wissen?«

Seeberg antwortete nicht, sondern hielt ihm stattdessen seine Marke entgegen. Die schmutzigen Finger des Mannes streckten sich nach der Marke und kontrollierten sie.

»Kriminalpolizei? Ach ja, wegen dieser Geschichte mit exotischen Pflanzen, ich erinnere mich. Aber Sie hatten mich doch schon zu meinen Lieferungen befragt. Ich hatte Ihnen sogar die Liste gegeben. War wohl nichts für Sie dabei, was?«

Die Stimme des Mannes verdeutlichte, dass er sich

lieber auf die Zunge beißen würde, als der Polizei zu helfen. Der Kommissar musste vorsichtig sein.

»Nein, wir sind noch immer auf der Suche nach weiteren Informationen. Sie liefern also exotische Pflanzen aus?«

»Kommt hin und wieder vor.«

»Sie hatten uns auf der Liste eine Aufstellung der Läden und Personen gegeben, die solche exotischen Pflanzen bestellen. Können Sie sich darüber hinaus an eine Lieferung an diese Frau erinnern?«

Seeberg zückte ein Dienstfoto von Freitag.

Der Mann nahm eine Hand von seinem Spaten, überflog das Foto und reichte es achselzuckend zurück.

»Nicht, dass ich wüsste. Wer soll das sein?«

»Eine flüchtige Person, die wahrscheinlich für den Tod von drei Männern verantwortlich ist.«

»Sie meinen Mord?«

Seeberg nickte. »Könnten Sie vielleicht in Ihrem Computer nachschauen, ob Sie eine Lieferung für eine gewisse Julia Freitag hatten?«

»Muss das sein?«

»Hören Sie, wir ermitteln hier in einem Mordfall. Sie sind vielleicht der einzige Mensch, der weiß, wo sich unsere Zielperson aufhält. Ein wenig mehr Mithilfe könnte da vielleicht nicht schaden. Ich kann aber auch Verstärkung anfordern und Ihren Laden mal komplett durchleuchten, wenn Ihnen das lieber ist.«

Der Kommissar konnte förmlich sehen, wie die Gedanken in Jansons Kopf hin und her schossen. Ein paar dunkle Geschäfte waren ja okay, aber mit einem Mord wollte er ganz sicher nichts zu tun haben. Und das Letzte, was er wollte, waren noch weitere Polizisten, die in seinen Unterlagen herumwühlten. Janson legte seinen Spaten zur Seite und deutete zum Haus.

»Kommen Sie mit. Die Unterlagen habe ich im Büro.«

Die beiden Männer gingen durch ein Gewächshaus, in dem das Licht der Neonröhren beide Männer blass und kränklich wirken ließen.

»Sagen Sie, kostet das Züchten von solchen Pflanzen nicht wahnsinnig viel Strom und Geld?«

Janson pfiff Luft durch seine Zähne. »Die Nebenkosten sind in den letzten Jahren explodiert. Ich weiß nicht, wie lange sich das noch lohnt. Es verschlingt Unmengen, diese Pflanzen zu züchten.«

Kurz darauf traten die beiden Männer in ein dreckiges Büro.

»Entschuldigen Sie, ich bekomme hier selten Besuch. So, dann schauen wir mal.«

Der Computer ratterte, und Janson tippte mit seinen schmutzigen Fingern den Namen ein.

»Freitag, sagten sie?«

»Ja.«

»Nein, nichts drin unter diesem Namen.«

Der Kommissar spürte, wie ihn eine Welle voller Wut packte. Er ahnte, dass Janson ihm immer noch nicht die ganze Wahrheit sagte.

»Ist Ihnen bei irgendeiner Lieferung mal etwas Besonderes aufgefallen? Gab es Bestellungen von Privathaushalten?«

»Das dürfen wir nicht. Wobei Sie nicht glauben würden, wie viele Freaks es gibt, die sich den ganzen Keller mit Pflanzen und Gerätschaften zum Züchten zustellen.« Der Mann machte eine Bewegung mit seinen Fingern, die das Rauchen eines Joints wiedergeben sollten.

»Verstehe. Und das liefern Sie auch, nicht wahr? Equipment, Hanfpflanzen, das ganze Zeug …«

»Nein, nein. Sie können alle meine Papiere durchsehen. Alles offiziell.«

Seeberg lachte lauthals, dann sprang er auf, packte den Mann am Kragen und zog ihn halb über den Schreibtisch zu sich herüber.

»Hören Sie! Es interessiert mich einen Scheißdreck, was Sie hier alles schwarz nebenbei verkaufen. Wir suchen eine Mörderin. Also, halten Sie mich nicht zum Narren und sagen Sie mir, was Sie wissen.«

Janson schluckte. »Okay, schon gut. Aber was suchen Sie genau?«

Seeberg ließ von dem Mann ab und presste ihm das Foto gegen die Brust. Janson sah es diesmal deutlich länger an, schüttelte aber erneut mit dem Kopf.

»Tut mir leid. Das Foto sagt mir wirklich nichts. Warum sollte ich diese Frau kennen?«

»Weil diese Frau irgendwo Gerätschaften zur Zucht von exotischen Pflanzen bestellt haben muss. Vielleicht hat sie sogar direkt diese stinkenden Pflanzen bestellt. Und sie sind einer von sehr wenigen Händlern, die überhaupt in den letzten Jahren Pflanzen dieser Art importiert haben. Und der Einzige in einem Umkreis von zweihundert Kilometern.«

»Stinkenden Pflanzen? Meinen Sie die Rafflesia arnoldii?

»Ja. Genau die.«

»Warum sagen Sie das nicht gleich.«

»Sie können sich erinnern?«

»Aber ja. Das war das erste und letzte Mal, dass ich die ausgeliefert habe. Mein Transporter hat noch Wochen später danach gestunken.«

»Haben Sie eine Rechnungsadresse?«

»Das, äh …« Janson strich sich mit seinen dreckigen Fingern durch das fettige Haar. »Ich will ehrlich sein, das ging damals alles so ein wenig unter der Hand, verstehen Sie?«

»Janson, rücken Sie raus mit der Sprache.«

»Ach ja, jetzt wo Sie es sagen, erinnere ich mich. Eine Frau rief an und fragte, ob es machbar sei, diese Pflanzen bei mir zu bestellen. Sie würde auch gut zahlen. Alles lief telefonisch ab. Das Geld wurde mir per Postanweisung zugestellt.«

»Sie haben diese Frau nie zu Gesicht bekommen?«

»Nein.«

»Wo genau ging die Lieferung hin?«

»Lassen Sie mich überlegen. Das war nicht hier in der Nähe, sondern außerhalb. Ja, genau, das war ein Dorf nicht weit von der Wasserkuppe. Ich lieferte die Bestellung aus und lud alles vor so einem alten Haus in der Nähe von Gersfeld aus. Irgendwas mit Roter Bach oder so ähnlich.«

»Rodenbach?«

»Ja, genau. Das war es. Die Adresse lag etwas abseits von dem Dorf, an einem Wäldchen.«

Der Kommissar kannte das etwas abgeschiedene Dorf und den Weg dorthin. Von hier war Rodenbach sogar noch etwas schneller zu erreichen als von Fulda aus. Und er wusste auch, dass dort einige Ferienhäuser für Touristen weitab der Straßen lagen. Der ideale Ort für Freitags Vorhaben.

Er hatte keine Zeit zu verlieren und verließ die Gärtnerei, ohne sich groß von Janson zu verabschieden. Noch auf dem Weg zum Wagen wählte der Kommissar die Nummer des Polizeipräsidiums. Das

Telefon klingelte zweimal, und Ammer nahm das Gespräch entgegen.

»Hier ist Seeberg. Ich weiß, wo Freitag und Hübner stecken. Rufen Sie sofort den lokalen Stromlieferanten an, der das Dorf Rodenbach in der Rhön versorgt, und fragen Sie nach, welche Häuser in den letzten sechs Monaten eine auffallend hohe Stromrechnung vorweisen.«

»Stromrechnung?«

»Fragen Sie nicht, Ammer, machen Sie einfach, was ich sage, und rufen Sie mich an, sobald Sie die Adresse haben. Verstanden?«

»Wird sofort erledigt.«

»Und noch was. Schicken Sie im Anschluss umgehend eine Spezialeinheit an die genannte Adresse. Aber kein Blaulicht, keine Sirenen. Es reicht, dass wir Freitag einmal gewarnt haben.«

»Kein Blaulicht, keine Sirenen.«

»Gut. Ich fahre schon mal voraus und warte dort auf die Truppe. Beeilen Sie sich.«

45.

Er spürte, wie ihm der Knebel aus dem Mund genommen wurde. Seine Augenlider waren schwer wie Blei. Hübner versuchte sie dennoch zu öffnen.

Julia Freitag war froh, dass er überhaupt nochmal zu sich gekommen war. »Na, Schätzchen. Kommst du langsam wieder zu dir?«

Die Gedanken wurden allmählich wieder klarer, auch wenn der Kopf noch schmerzte, als wäre er mit einem Hammer traktiert worden.

»Was zur Hölle wollen Sie von mir? Sie müssen mich verwechseln.«

Ein kläglicher Versuch, dachte Freitag. Ob er selbst daran glaubt, was er da sagt?

»Wer sind Sie, und was haben Sie mit mir vor?«

»Oh, Schätzchen, du erinnerst dich wirklich nicht mehr? Dabei haben wir doch so viele gemeinsame Stunden verbracht.«

»Sind Sie verrückt? Ich kenne Sie nicht.«

»Jetzt enttäuschst du mich aber. Wir kennen uns sogar sehr gut. Man könnte fast sagen, dass wir uns in- und auswendig kennen. Du hast mich sogar genau wie Karstensen und Pogatetz immer als dein Schätzchen bezeichnet. Erinnerst du dich nicht?«

Die Augen des Mannes weiteten sich, und von einer Sekunde auf die andere wurde ihm schlagartig bewusst, warum er hier gefesselt lag.

»Das, das kann nicht sein ...«

»Na, siehst du. Jetzt weißt du es wieder.«

»Aber ich dachte, ihr seid alle ...«

»... tot? Ist es das, was du sagen wolltest?« Sie lachte

und strich ihm mit ihrer Fingerspitze über das Gesicht. »Ja, beinahe hättet ihr alle Spuren verwischt. Aber eben nur beinahe. Wie du siehst, habe ich überlebt. Und jetzt bin ich zu dir zurückgekommen.«

»Willst du Geld? Ich gebe dir alles.«

Freitag lächelte und presste ihm den Knebel wieder zurück in den Mund. Dann griff sie nach etwas, das er zunächst nicht sehen konnte. Erst als sie sich wieder zu ihm wandte, erkannte er den wuchtigen Gegenstand in ihrer Hand.

»Nein, ich will kein Geld. Ich will Rache.«

46.

Er hatte recht behalten. Ammer hatte ihn keine zehn Minuten später zurückgerufen und ihm eine Adresse durchgegeben, die mehr als den dreifachen Standard für Stromrechnungen in dem Dorf bezahlte. Als der Kommissar seinen Wagen den geschotterten Weg hinaufsteuerte, wusste er, dass er richtig lag. Er stoppte an einer Gabelung und schlug wütend auf sein Lenkrad. Verdammt, dachte er. Welcher Weg führt jetzt zu diesem verfluchten Haus? Er entschied sich für den rechten Weg, der am Horizont in ein Waldstück mündete. Dazu hatte die Dämmerung eingesetzt, und die Landschaft verschmolz immer mehr mit der Dunkelheit. Als er den Wald erreichte, beruhigte er sich wieder. Das musste die gesuchte Adresse sein. Es war perfekt geeignet. Ein Grundstück fernab der Zivilisation. Das zugehörige, ehemalige Jagdhaus lag zurückgesetzt von der Straße, im hinteren Teil des Grundstücks. Einige Bäume umsäumten das Grundstück und schotteten es so für Blicke von Neugierigen beinahe komplett ab.

Seeberg parkte den Wagen einige Meter entfernt an einem Feldweg. Dann öffnete er sein Handschuhfach und nahm sich seine Dienstwaffe und Taschenlampe heraus. Er steckte sich die Waffe in den Bund seiner Hose und ging hinüber bis zum Jägerzaun, der das Grundstück vom Wald abtrennte. Ein erster Blick hinüber zum Haus brachte keine neue Erkenntnis. Es war nichts Auffälliges zu erkennen. Vorsichtig stieg er über den Zaun. Er zog es vor, sich von der Seite anzunähern, die mit dichtem Gestrüpp und Geäst bewachsen war. Als er sich bis auf zwanzig Meter herangepirscht hatte, kauerte er sich hinter einen Geräteschuppen und wartete. Dann spähte der Kommissar durch ein kleines Fenster ins Innere und erkannte Freitags Wagen. Er nickte zufrieden, dann nahm er sein Telefon hervor und drückte auf die Wahlwiederholung. Eine nervöse Stimme meldete sich am anderen Ende.

»Verdammt, Ammer, wo bleiben Sie denn?«

»Wir sind auf dem Weg, Herr Kommissar. Kohler ist auch mit dabei. Aber wir kommen auf der Landstraße nur langsam voran.«

»Wie lange brauchen Sie denn noch?«

Seeberg hörte, wie Ammer jemanden fragte, wie lange die Fahrt noch dauern würde.

»Schätzungsweise noch zwanzig Minuten.«

»So lange können wir nicht warten. Ich gehe rein.«

»Sie wollen allein dort rein?«

Kaum hatte Ammer die Worte des Kommissars wiederholt, hatte sich Kohler auch schon das Telefon gegriffen.

»Klaus, das wirst du auf keinen Fall machen. Warte, bis wir da sind. Wenn was schiefläuft, bist du dran.«

Natürlich hatte Kohler recht. Wenn er auf eigene Faust entscheiden würde und Hübner dabei etwas zustieße, würde Bornemann ihn dafür an die Wand nageln. Der Kommissar blickte zum Haus hinüber und beendete das Gespräch ohne ein weiteres Wort. Dann legte er das Telefon ins nasse Gras und schloss die Augen. Noch einmal holte er tief Luft, dann befahl er sich selbst: Los, geh schon!

Er lief die letzten Meter geduckt in Richtung der Hauswand. Auf halbem Weg setzte das ein, was er nun am wenigsten brauchte: Sein Körper spielte ihm einen Streich. Wieder stach es in seiner Brust, und er musste kurz innehalten. Er sank auf die Knie und presste sich die Faust gegen seine Brust. Der Schmerz legte sich zum Glück wieder, und er huschte weiter, bis er endlich die Holzveranda erreichte. Er orientierte sich kurz und ging tief gebückt die letzten Meter zur Hauswand. Mit dem Rücken an die Wand gepresst, schob er sich Meter um Meter näher in Richtung der Haustür. Als er sie erreicht hatte, legten sich seine Finger fester um den Griff seiner Waffe. Er drückte die Türklinke hinunter. Die Haustür schwang zurück, und er trat ein.

Sofort wurde er von einer Welle des Ekels gepackt. Es stank widerlich. Vorsichtig setzte er einen Fuß vor den anderen. In dem alten Haus knarzten die Bohlen. Seeberg hoffte, dass sie ihn nicht verrieten. Die Taschenlampe leuchtete immer nur einen schmalen Lichtkegel aus und flackerte erneut. Es ärgerte ihn, dass er die Batterien nicht gewechselt hatte, und er schüttelte genervt den Kopf.

»Dann wollen wir uns doch mal umschauen«, sprach er leise zu sich selbst und schlich weiter. Er musste vorsichtig sein. Freitag war eine Mörderin, ihr Rachefeldzug sollte durch nichts und niemanden aufgehalten werden.

Im Licht zeichnete sich eine nur angelehnte Holztür ab. Der Kommissar schob die Tür behutsam zurück. Sofort kroch ihm ein noch intensiverer Schwall des unverkennbaren Gestanks in die Nase. Er war froh darüber, dass die Tür nicht quietschte, als er sie aufschob. Er leuchtete hinein und erkannte, dass dahinter eine alte Steintreppe in den Keller hinunterführte. Wie eine Katze zum Sprung bereit, ging er vorgebeugt weiter. Der Lauf seiner Waffe folgte dem Lichtkegel in alle Richtungen, in die er schaute. Doch niemand war zu sehen. Die Treppe machte einen Knick, und als er in deren Scheitelpunkt angelangt war, konnte er ein schwaches, bläuliches Licht ausmachen. Er löschte das Licht seiner Taschenlampe und drückte sich weiter an der Wand entlang. Dann erkannte er den Grund für das diffuse Licht. Von den Decken hingen Blaulichtlampen und spendeten ultraviolettes Licht für eine ganze Batterie der Teufelsblumen. Mindestens zwanzig der Pflanzen wurden hier gezüchtet. Freitags Rachefeldzug war also noch lange nicht beendet. An der gegenüberliegenden Seite befand sich eine alte Holzwand, von der zwei Türen abgingen. Unter der rechten lag lediglich ein dünner Streifen Dunkelheit, unter der linken Tür konnte man hingegen erkennen, dass in dem Zimmer Licht eingeschaltet war und sich jemand darin befand. Schatten huschten über den Boden.

Vorsichtig schlich sich Seeberg näher heran und konnte durch einen Spalt der Holzwand erkennen, was im Zimmer vor sich ging. Ein nackter Mann lag auf dem Bett, die Arme und Beine gefesselt. Zwischen den gespreizten Beinen kniete Freitag mit dem Rücken zum Kommissar. Er konnte nicht sehen, was sie tat, aber er konnte ihre Stimme hören.

»Schätzchen, wenn du dich wehrst, ziehst du die Schmerzen nur noch mehr in die Länge. Schätzchen, so hast du uns doch immer genannt. Erinnerst du dich noch?«

Während sie das sagte, konnte Seeberg erkennen, wie Freitag irgendeinen Gegenstand immer wieder gegen den Körper des Mannes rammte. Der fleischige Körper federte zurück, und Freitag wiederholte das Ganze erneut.

»Gefällt dir das? Das hast du doch immer so gerne gemacht, Schätzchen.«

Für einen Moment konnte Seeberg den Kopf des Mannes sehen. Er war geknebelt, Schweiß schoss ihm in Strömen über die Stirn. Auch wenn man ihn aus dieser Perspektive nicht vollständig sehen konnte, erkannte er Hübner wieder. Freitag schien ihn bereits mit der Spritze betäubt zu haben. Er lag gefesselt auf dem Bett und bewegte sich nicht. Nur seine Augen tanzten voller Angst in ihren Höhlen hin und her. Dann beugte Freitag ihren Körper so zu ihrem Opfer, dass er ihren Atem spüren konnte.

»Fühlt es sich so gut an wie damals?«, zischte sie. »Nein? Ich weiß genau, wie es ist. Es fühlt sich an, als würde eine kalte Hand nach deinem Herz greifen und so lange zudrücken, bis es endlich aufhört zu schlagen, nicht wahr?«

Der Kopf des Mannes sackte zur Seite. Er war bewusstlos geworden.

»Nein, Schätzchen, so leicht kommst du mir nicht davon.«

Sie stand auf, und der Kommissar konnte den mächtigen Phallus erkennen, den Freitag in Hübners Anus gestoßen hatte. Blut lief zwischen seinen Schenkeln herunter und hatte einen kreisrunden Fleck auf dem Bettlaken gebildet. Sein Körper wies an Brust und Hüfte schon einige Schnitte auf, die zwar nicht tödlich, wohl aber sehr schmerzvoll sein mussten. Freitag ging zu einem Waschbecken, ließ etwas Wasser über einen Schwamm laufen und begann dann, ihm über Lippen und Stirn zu streichen, bis Hübner wieder zu sich kam.

»Wasser kann etwas herrlich Erfüllendes haben, nicht wahr, Schätzchen? Wir waren damals froh, wenn wir uns etwas von dem abgestandenen Regenwasser aus dem Eimer nehmen konnten, mit dem die Blumen bewässert wurden. Da ist das doch geradezu Luxus. Findet du nicht, Schätzchen?«

Freitag stand von dem Bett auf und griff sich etwas von einem Tisch daneben. Als sie sich umdrehte, blitzte eine scharfe Klinge in ihren Händen.

»So, Schätzchen, und jetzt schnippeln wir noch ein

wenig an deinem fetten Körper herum. Du stehst doch auf Schmerzen, nicht wahr? Dadurch hast du doch immer die schönsten Höhepunkte bekommen, erinnerst du dich? Dann will ich dir nun auch einen solchen bescheren, einen allerletzten ...«

Seeberg musste etwas unternehmen. Der Kommissar atmete tief ein und griff fester um den Griff seiner Pistole. Die andere Hand streckte sich zur Türklinke. Er musste schnell und kompromisslos handeln. Er zählte bis drei und stieß die Tür auf.

47.

Durch den kleinen Spalt des Seitenfensters strömte die frische Luft ins Innere des Fahrzeugs. Ihm war es seit dem Anruf des Kommissars übel geworden. Es war das erste Mal, dass er dafür mitverantwortlich war, ob ein Serientäter gestellt werden konnte oder nicht. Und dieser Serientäter war auch noch seine Kollegin. Er starrte durch die Windschutzscheibe nach vorn auf die Straße. Das Blaulicht vom Fahrzeug vor ihm zirkulierte und hatte beinahe etwas Hypnotisierendes an sich. Das Blaulicht sollte erst kurz vor Ankunft ausgeschaltet werden. Er saß im zweiten Wagen. Wenn Seeberg recht behalten sollte, konnten sie den Fall hier und heute zu Ende bringen. Wenn der

Kommissar falsch lag, wäre es eine Blamage und der Einsatz völlig überzogen. Er hatte spontan gehandelt und war sofort zu Kohler geeilt und hatte ihm von dem Anruf berichtet. Jetzt überlegte er, ob er irgendwas vergessen hatte.

Hatte er alle Regeln befolgt?

Hatte er einen Fehler begangen, der nun für Seeberg zu einer tödlichen Gefahr werden konnte?

Ammer wusste es nicht. Er wusste nur, dass sie sich beeilen mussten, um es herauszufinden. Der Anruf Seebergs war schon fast zwanzig Minuten her, und seitdem war er nicht mehr erreichbar gewesen. Doch das Fahrzeug vor ihm fand trotz des Blaulichts nur sehr schwer einen Weg durch den dichten Verkehr auf der Landstraße. Ammer ließ das Seitenfenster noch ein kleines Stück herunter. Die Luft tat gut.

48.

Der Kommissar rief sie laut an. Dazu zielte der Lauf seiner Waffe genau auf Freitags Kopf.

»Messer fallen lassen. Keine Bewegung!«

Wie in Zeitlupe folgte Seeberg jeder einzelnen Schwingung der jungen Frau. Er nahm es zwar wahr, konnte aber nicht so schnell reagieren. Wie in einem Daumenkino blätterte jede Seite um und zeigte ein neues Bild der Szene vor seinen Augen. In einer einzigen gleitenden Bewegung ließ sich Freitag auf das Bett fallen und drückte sogleich die Klinge gegen den Hals des Opfers. Erst als sie ihn mit ihren scharfen und wachen Augen ansah, konnte er wieder reagieren und die Situation einschätzen. Hübner lag gefesselt und mit gespreizten Beinen auf dem Bett. Der mächtige, phallusartige Gegenstand war ihm rektal eingeführt worden und spaltete seinen Unterleib. Zusammen mit den Schnitten mussten die Schmerzen unerträglich sein. Doch der Geknebelte starrte nur mit weit aufgerissenen Augen in Seebergs Richtung und hoffte auf ein Ende seiner Pein. Vor dem Bett lagen die Kleider von Hübner fein säuberlich zusammengelegt.

»Julia, machen Sie keinen Blödsinn.«

Freitag hielt noch immer ihr blitzendes Messer fest an den Hals von Hübner gepresst, während der Kommissar sie mit seiner Waffe bedrohte. Sie fragte nicht, wie er sie gefunden hatte, doch sie zögerte, da er sie erstmals beim Vornamen genannt hatte.

»Blödsinn? Sie halten das für Blödsinn? Ich dachte, dass gerade Sie mich verstehen würden. Sie kennen doch auch den Schmerz, der nie verebben will, nicht wahr?«

Seeberg nickte. »Ja, den kenne ich. Und ich kann nicht leugnen, dass Hübner den Tod verdient. Aber das ist nicht unsere Aufgabe, Freitag. Das ist Sache der Justiz.«

»Der Justiz?« Ihre Nachfrage klang verächtlich. Automatisch drückte sie das Messer dabei noch ein klein wenig fester gegen die Haut von Hübners Hals, die unter der scharfen Klinge sogleich aufbrach. Ein paar Tropfen Blut flossen über den Hals zum Brustkorb. »Das glauben Sie doch selbst nicht. Dieses perverse Schwein hat mich und meine Schwester vergewaltigt und mit Dingen gequält, die Sie sich nicht im entferntesten vorstellen können.«

Seeberg hatte solche Situationen in seiner langen Karriere schon oft erlebt. Doch noch nie hatte er das Gefühl dabei gehabt, auf der Seite des Täters zu stehen. Das war jetzt anders. Düstere Gedanken krochen empor. Zu gerne hätte er ihr zugerufen, dass sie Hübner abstechen und dass sie alle anderen Freier auch noch aufsuchen und töten solle, die sie damals geschändet hatten.

»Ich weiß. Und niemand wird Ihnen diesen Schmerz jemals nehmen können. Auch nicht, wenn Sie jeden einzelnen nun abschlachten. «

»Doch. Genau das will ich. Cunningham, Pogatetz und Karstensen waren nur der Anfang. Es gab auch noch andere. Amerikaner und Schweden. Ich werde sie alle finden. Sie sollen alle genau das durchleiden, was auch wir damals erdulden mussten.«

»Sie und ihre Schwester?«

»Ja.« Julia Freitag zögerte. »Wobei *ich* den meisten schon zu alt war.« Sie lächelte, doch ihre Augen erinnerten sich an den Schmerz. »Ich war ihnen schon zu weiblich. Sie wollten keine jungen Frauen, sie wollten Kinder. So wie meine kleine Schwester.«

»Cunningham hielt die Kinder in seiner Gärtnerei gefangen, nicht wahr?«

Eine Woge des Zorns schien über Freitag hinwegzuspülen.

»Gefangen gehalten genügt gar nicht, um zu erklären, was wir dort erleiden mussten. Wir haben dort vor uns hin vegetiert und nur darauf gewartet, endlich sterben zu dürfen. Und dieser Gestank! Er hatte diese ekelhaften Teufelspflanzen gezüchtet, um seine Drogendeals besser verschleiern zu können und die Drogenspürhunde vom Zoll in die Irre zu führen. Die Gärtnerei war das perfekte Versteck. Nach dem Tsunami hat er uns alle wie entlaufenes Stück Vieh eingefangen und uns dorthin mitgenommen. Wegen dieses ekelhaften Gestanks wollte da eh keiner rein. Wir mussten tagsüber schuften und nachts seinen Kunden zur Verfügung stehen. Es war absolut widerlich.«

»Sie meinen die Freier?«

Julia Freitag nickte. »Die meisten waren Soldaten. Und manche Gewohnheiten von ihnen haben sich bei mir so tief eingegraben, dass ich sie bis heute nicht loswerden kann.«

»Was meinen Sie damit?«

Der Kommissar folgte ihrem Blick, der zu den exakt gefalteten Kleidern fiel.

»Alle waren so akkurat. Armeehaarschnitt, gedrillt und diszipliniert. Sie lachten meist, während sie ihre Uniformen auszogen und fein säuberlich zusammenlegten, bevor sie zu uns auf das Bett gekrochen kamen. Doch sobald sie die Kleider ausgezogen hatten, verwandelten sie sich in Bestien.«

Seeberg hatte registriert, dass Julia Freitag während ihrer Worte das Messer etwas heruntergenommen hatte. Es ruhte nun mit der Spitze auf der Schulter von Hübner. Er versuchte, sie weiter in Fragen zu verstricken.

»Wie viele Kinder wart ihr?«

»Vier Mädchen und zwei Jungen. Alles Thais. Nur meine Schwester und ich waren keine Einheimischen. Und meine kleine, blonde Schwester war besonders beliebt. Sie hielt sieben Wochen durch, dann erkrankten wir alle an Cholera. Cunningham kam das gelegen, da wohl eine Razzia bevorstand. Er bekam einen Tipp und fuhr uns noch in der Nacht mit seinem LKW in den Norden. Dort warf er uns dann in einer menschenleeren Gegend wie Vieh von der Ladefläche. Valerie und die anderen Mädchen waren da bereits tot. Die zwei Jungs und ich wurden am nächsten Morgen von Reisbauern gefunden und in ein Krankenhaus gebracht. Für die zwei Jungs kam jede Hilfe zu spät. Ich war die Einzige, die überlebte.«

Augenblicklich stand ihm Laura vor Augen. Doch er versuchte mit aller Macht, das Bild aus seinem Kopf zu verbannen, während er weiterfragte.

»Warum haben Sie nicht die Polizei verständigt?«

»Weil die Polizei vor Ort kein Interesse an einer Aufklärung hatte. Sie waren mit dem Wiederaufbau des Landes beschäftigt. Und negative Presse wäre das Letzte gewesen, was sie wollten.«

In der kurzen Pause, die eintrat, setzten sich die Mosaiksteinchen des weiteren Ablaufs zusammen. Der Kommissar konnte es kaum glauben, mit welcher Akribie und Ausdauer Freitag ihren Plan über all die Jahre verfolgt und durchgeführt hatte.

»Und da haben Sie beschlossen, dass Sie selbst zur Polizistin werden. Und haben all die Jahre darauf gewartet, Cunningham zu finden, um Rache zu nehmen.«

»Ich wusste, dass es mir niemals möglich wäre, als Zivilistin an all die Informationen zu kommen, die nötig wären, um die Täter zu finden. Ich legte die Prüfung ab und trat in den Polizeidienst ein. Zunächst in Frankfurt, da wir dort eng mit allen anderen Ämtern zusammenarbeiteten und meine Schwester dort beerdigt ist. Schließlich fand ich Cunningham. Nur saß der damals wegen Drogenhandels ein. Ich wusste, dass er mir die Namen der Freier verraten könnte. Ich musste also warten, bis er wieder auf freiem Fuß war.«

»Und er hat Ihnen dann die Namen von den anderen verraten.«

»Er hat wie ein kleines Kind geheult und sich in die Hosen gemacht. Aber er konnte sich nur noch an den Namen Pogatetz erinnern. Pogatetz, der Offizier mit der schönen Uniform von der deutschen Bundeswehr. Also war er der Erste auf der Liste. Ich ließ mich nach Fulda versetzen, da ich herausbekam, dass er dort lebte und weil er sich einmal mit Karstensen über diese Stadt unterhalten hatte. Karstensen musste sich also auch irgendwo in dieser Region tummeln. Und Pogatetz verriet mir dann, wo Karstensen sich genau aufhielt.«

»Und von Karstensen bekamen Sie dann den Kontakt zu Hübner.«

Freitag nickte. »Die anderen werde ich auch noch irgendwie finden.«

Beide schwiegen für einen Moment.

»Denken Sie, dass Ihre Schwester gewollt hätte, dass Sie Ihr Leben einfach so wegwerfen?«

»Kommen Sie mir nicht mit dieser Psychoscheiße, Herr Kommissar. Ich bin es meiner Schwester einfach schuldig. Mir wurde nur meine Jugend genommen, ihr das ganze Leben.«

»Sie werden es ihr aber auch nicht zurückgeben können.«

Julia Freitag spielte mit dem Messer in der blutenden Wunde an Hübners Hals. Sie überlegte, dann lächelte sie.

»Sie sind nicht alleine gekommen, nicht wahr, Seeberg?«

»Nein. Die Verstärkung wird jeden Moment eintreffen. Es gibt kein Entkommen. Geben Sie auf.«

»So kurz vor dem Ziel? Niemals. Sie müssen mich schon erschießen.«

»Das werde ich auch, wenn es nötig ist.«

49.

Endlich verstummte der Motor, und das Einsatzkommando verteilte sich über das Grundstück. Sie schwärmten um das Haus herum aus und gaben sich Handzeichen, die Ammer nicht deuten konnte.

»Hier«, hielt Kohler ihm eine kugelsichere Weste entgegen. »Ziehen Sie das an. Es könnte hässlich werden.«

Wortlos folgte Ammer dem erfahrenen Kollegen und fünf Männern der Spezialeinheit. Er sah sich um.

Eigentlich wirkte alles sehr friedlich und ruhig. Nur die Gewissheit, dass der Kommissar sich bereits irgendwo hier in dem Haus befand und nicht mehr auf die Anrufe reagiert hatte, gab dem Ganzen einen beängstigenden Hintergrund. Er nahm seine Waffe und betrat mit den Männern das Haus. Sofort stieg ihm der Gestank in die Nase. Seeberg hatte recht gehabt. Immer mehr Uniformierte drängten herein und verteilten sich im Haus. Es war stockdunkel, und nur die aufgesteckten Lichter der Maschinenpistolen zerschnitten die Finsternis. Ein Teil der Truppe ging hinauf in das obere Stockwerk, ein anderer durchsuchte die Räume im Erdgeschoss.

Dann knallte der Schuss einer Pistole im Haus, und alle blieben wie angewurzelt stehen. Jeder versuchte zu orten, woher der Schuss gekommen war. Der Anführer der Einheit deutete nach unten in Richtung Keller. Die ersten zwei Männer sicherten das Treppenhaus und winkten die anderen herbei. Ammer erkannte Licht am Ende der Treppe. Kein normales Licht. Eher wie in einem Operationssaal. Als Nächstes sah er die Gewächse unter den Lampen und Röhren. Sein Puls beschleunigte sich immer mehr, und seine Hände begannen zu schwitzen.

Dann knallte ein zweiter Schuss.

50.

Seeberg überlegte, wie viel Zeit wohl seit seinem Anruf bei Ammer vergangen war. Zehn Minuten? Zwanzig? Er konnte es nicht einschätzen. Es konnte jedenfalls nicht mehr lange dauern, bis die Verstärkung eintreffen würde. Julia Freitag stand keine zwei Meter von ihm entfernt. Das blitzende Metall der scharfkantigen Klinge funkelte noch immer in ihren Händen.

Mit der Äußerung, dass er Freitag erschießen würde, hatte er anscheinend Wirkung erzielt. Sie nahm es ihm ab. Er selbst jedoch wurde von einer Welle von Zweifeln gepackt. Gedanken schossen ihm durch den Kopf. Ob Laura das verstehen würde?

Plötzlich vernahm er Schritte. Schritte von schweren Stiefeln. Es würde nicht allzu lange dauern, bis sie den Weg in den Keller finden würden. Auch Freitag war das nicht verborgen geblieben, sie schloss ihre Faust enger um das Messer.

»Es tut mir leid, Herr Kommissar. Tun Sie, was Sie tun müssen. Ich tue es auch.«

Sie riss den Kopf Hübners an den Haaren in den Nacken, dass die Kehle pulsierend hervortrat. In den Augen des Mannes flackerte die Gewissheit, dass seine letzte Stunde geschlagen habe. Dann setzte sie die Klinge an, und ein Schuss fiel. Julia Freitag stürzte zu Boden und sackte augenblicklich zusammen. Sofort sprang Seeberg zu ihr ans Bett und sah, wie ihre Bluse sich in der Bauchgegend blutrot färbte. Dann drehte er sich zu Hübner, sah ihm in die Augen und ekelte sich vor sich selbst. Er hatte diesem Perversen das Leben gerettet. Doch Hübners Pupillen schwollen plötzlich erneut an, doch blickten sie an dem Kommissar vorbei über seine Schulter. Seeberg wusste sofort, dass er einen Fehler begangen hatte. Er spürte, wie ihm das Fleisch in der Hüfte zerfetzt wurde, als die Klinge ihn traf. Doch dank des Adrenalins verspürte er kaum Schmerzen, und er wusste nicht, ob er nur verletzt oder tödlich getroffen war. Er wirbelte herum und traf Freitag mit einem weiteren Schuss. Beide sackten zu Boden und atmeten schwer. Sie sahen sich stumm an. Seeberg kroch zu ihr hinüber. Mit letzter Kraft zog er sich zu ihr, legte seinen Arm um ihren Körper und nahm ihre Hand.

»Es ist gleich vorbei, Julia. Ich bin bei dir.«

Freitag fehlte die Kraft, um zu antworten. Blut lief ihr aus dem Mundwinkel, aber sie nickte und drückte die Hand des Kommissars, bis ihre Augen den Glanz verloren. Er strich ihr die Augenlider zu und bemerkte, dass er weinte. Seit Tagen und Wochen die ersten Tränen. Dann sank Seebergs Kopf auf seine Brust, und er hoffte, dass es nun auch für ihn zu Ende gehen möge. Stimmen kamen näher, doch seine Gedanken verloren sich in dem Moment, als das Einsatzkommando ins Zimmer stürmte.

Epilog

Die gläserne Auszeichnung lag achtlos neben ihm auf dem Beifahrersitz. Es war alles genau so gekommen, wie Seeberg es sich vorgestellt hatte. Bornemann hatte eine Pressekonferenz einberufen und die Arbeit der Polizei gelobt, die schließlich zum Ergreifen der Täterin geführt hatte, und damit natürlich sich selbst gemeint. Die Entscheidung, Klaus Seeberg mit diesem Fall zu betrauen, sei ihm in keiner Sekunde schwergefallen, da er voll und ganz auf die Fähigkeiten seines Teams vertrauen könne. Dann wurde dem Kommissar eine Auszeichnung in die Hand gedrückt, und Blitzlichter zuckten im Raum. Eckstein bekam sein Exklusiv-Interview, und Bornemann nahm den Kommissar väterlich in den Arm und grinste in die Kameras.

Zunächst hätte Seeberg dem Vizepräsidenten am liebsten einen Kinnhaken verpasst. Jetzt amüsierte ihn dieser Gedanke eher, und er musste über so viel Scheinheiligkeit schmunzeln. Doch die Schmerzen in seiner Hüfte ließen das Lächeln binnen einer Sekunde erlöschen. Seeberg griff sich in die Seite. Er würde noch eine ganze Weile auf ein befreites Lachen verzichten müssen, was ihm aber nicht schwerfallen würde. Er dachte daran, was ihm die Ärztin gesagt hatte, nachdem er im Krankenhaus wieder zu sich gekommen war. Sie hatte ihn angelächelt und gesagt, dass er Glück gehabt habe. Wäre der Schnitt ein wenig tiefer gewesen, hätte man ihn nicht retten können.

Glück?, dachte er, darunter verstand er etwas anderes.

Seeberg fuhr weiter durch die Nacht. Nachdem er die Pressekonferenz vorzeitig verlassen hatte, war er ziellos durch die Stadt gefahren. Zunächst vom Polizeipräsidium aus durch Neuenberg und vorbei am Gelände der ehemaligen Landesgartenschau. Über die Hornungsbrücke fuhr er über den Rosengarten zurück in die Innenstadt. Er wollte noch nicht nach Hause. Dort würde ihm nur die Decke auf den Kopf fallen, und die Gedanken an Laura würden von ihm Besitz ergreifen. Ein Blick zur Uhr signalisierte ihm, dass es noch nicht zu spät war, um ein paar Bier trinken zu gehen. Irgendeine kleine Kneipe würde schon noch geöffnet haben. Er lenkte den Wagen vorbei an Stadtschloss und Dom, der in seiner Nachtbeleuchtung irgendwie bedrohlich wirkte. In Höhe des Paulustors musste er das Tempo drosseln, da nur ein

Fahrzeug hindurchpasste und ihm ein Mercedes entgegenkam.

Wieder kroch der Gedanke in ihm hoch, dass er sich durch die Verhaftung von Freitag zum Mittäter gemacht hatte. Ihm war der irritierende Gedanke, dass die restlichen Täter durch sein Mittun weiterhin unbehelligt ihrer kranken Neigung nachgehen konnten, schon im Krankenhaus gekommen.

Er gab wieder Gas und fädelte sich auf der Leipziger Straße in den fließenden Verkehr ein.

Sein Telefon klingelte.

»Seeberg.«

»Ich gratuliere. Sie sind also wieder zurück.«

Die Stimme klang gebrochen, fast kränklich und mit einem ausländischen Akzent. Sie kam ihm bekannt vor. Doch er konnte sie nicht zuordnen.

»Mit wem spreche ich?«

»Jetzt enttäuschen Sie mich aber. Ich dachte, dass Sie meine Stimme nie vergessen würden, Commissario.«

Commissario? Nur einer nannte ihn so. Reflexartig bremste er seinen Wagen mitten auf der Fahrbahn ab, so dass hinter ihm ein Wagen ausweichen musste. Doch der Kommissar bekam davon nichts mit und starrte ungläubig auf sein Telefon.

»Petrov?«

»Bravo, Commissario.«

Was zur Hölle wollte ausgerechnet dieser Mann von ihm? Seeberg versuchte möglichst emotionslos zu wirken.

»Ich werde das Gespräch jetzt sofort beenden.«

»Nein, das werden Sie nicht, Commissario. Ich habe etwas für Sie, das Sie interessieren dürfte.«

»Ich wüsste nicht, was das sein sollte. Schmoren Sie in der Hölle, Petrov.«

Die Stimme am anderen Ende prustete belustigt los, doch wurde das Lachen direkt wieder unter einem rasselnden Husten begraben. Der Mann am anderen Ende schien schwer krank zu sein.

»Oh, das werde ich. Ganz bestimmt sogar. Das werde ich sogar schon sehr bald, Commissario. Deswegen sollten wir auch keine Zeit verlieren.«

»Mit was sollten wir keine Zeit verlieren?«

»Mit unserem Gespräch. Kommen Sie zu mir. Hierher ins Gefängnis.«

»Es gibt nichts auf der Welt, was ich weniger gern tun würde, als ihr gottverdammtes Gesicht noch einmal sehen zu müssen.«

»Möchten Sie denn nicht wissen, warum ich Sie anrufe?«

»Nein, eigentlich nicht. Sie sind ein kranker Mann mit einem kranken Hirn. Was auch immer in ihren Kopf vorgeht, es ist bedauerlich und erbärmlich. Ich möchte es nicht wissen.«

Für Sekunden sagte niemand etwas. Der Kommissar hörte den schweren Atem des Mörders seiner Tochter. Dann setzte Petrov ein letztes Mal an.

»Es interessiert Sie also nicht im Geringsten, wer der wahre Mörder Ihrer Tochter ist?«

Anstatt einer Danksagung möchte ich einige Hintergründe zu diesem Buch schildern:

1. Das Erdbeben im Indischen Ozean vom 26. Dezember 2004 begann um 07:58 Uhr Ortszeit in West-Indonesien und Thailand und hatte auf der Richterskala eine Stärke von 9,1 mit Epizentrum 85 km vor der Küste Nordwest-Sumatras. Die ausgelösten Flutwellen (Tsunami) verursachten verheerende Schäden in den Küstenregionen am Golf von Bengalen, der Andamansee und Südasiens. Auch in Ostafrika kamen Menschen ums Leben. Insgesamt starben durch das Beben und seine Folgen etwa 230 000 Menschen, davon allein in Indonesien rund 165 000. Über 110 000 Menschen wurden verletzt, über 1,7 Millionen Küstenbewohner rund um den Indischen Ozean wurden obdachlos. Noch heute schätzt man die Zahl der Vermissten auf ca. 40 000 – 50 000 Menschen, darunter viele Kinder.

2. Sieben Jahre nach dem verheerenden Tsunami im Indischen Ozean tauchte ein junges Mädchen namens Meri Yulanda im Dezember 2011 wieder bei ihren Eltern auf. Die Familie dachte, ihre Tochter sei einst in den Fluten

ums Leben gekommen, tatsächlich aber wurde die mittlerweile 14-Jährige jahrelang als sogenannte Bettelsklavin gefangen gehalten. Sieben Jahre lang glaubten die Eltern, Meri Yulanda sei tot – umgekommen in den meterhohen Flutwellen des verheerenden Tsunamis. Die Familie war während des Unglücks in der indonesischen Provinz Aceh am zweiten Weihnachtstag 2004 auseinandergerissen worden. Seitdem war das Mädchen spurlos verschwunden. Wie sich herausstellte, hatte eine alleinstehende Frau das damals siebenjährige Kind gefunden und bei sich nach der Katastrophe gefangen gehalten. Meri Yulanda gab an, dass sie von der Frau einen anderen Namen bekommen habe, als Sklavin gehalten worden und geschlagen worden sei, wenn sie bei ihrer Bettelarbeit nicht genügend Geld nach Hause brachte. Erst nach sieben Jahren gelang ihr schließlich die Flucht. Experten schätzen, dass Meri Yulandas Geschichte kein Einzelschicksal ist, sondern dass weitere, totgeglaubte Kinder als Sklaven und Zwangs-Prostituierte ohne jegliche Rechte noch irgendwo in Asien leben könnten.

All diesen Kindern widme ich dieses Buch.

Zeno Diegelmann im Sommer 2013

Zeno Diegelmann
Finsterhain
Ein Rhön-Krimi
293 Seiten. Broschur
ISBN 978-3-7466-2628-4
Auch als E-Book erhältlich

Der Mörder seiner Tochter

Kommissar Seeberg aus Fulda geht einen schweren Gang. Ein todkranker Serienmörder ruft ihn zu sich ins Gefängnis. Petrov soll in der Rhön vier Frauen heimtückisch ermordet haben, darunter Seebergs dreizehnjährige Tochter. Doch nun, den Tod vor Augen, erklärt Petrov, jemand anders habe ihn kopiert und Seebergs Tochter umgebracht. Sein Anwalt wisse mehr. Seeberg beginnt in eigener Sache zu ermitteln Doch der Anwalt kann ihm nicht helfen: Er wird ermordet – jemand hat ihm die Zunge herausgeschnitten.

In Kommissar Seebergs zweitem Fall versucht der eigenwillige Polizist, den Mörder seiner Tochter zu finden.

Regelmäßige Informationen erhalten Sie über unseren Newsletter. Jetzt anmelden unter: www.aufbau-verlage.de/newsletter

atb aufbau taschenbuch

Zeno Diegelmann
Kaltengrund
Ein Rhön-Krimi
318 Seiten. Broschur
ISBN 978-3-7466-3187-5
Auch als E-Book erhältlich

Die Botschaft des Mörders

Ein schwerer Schneesturm schneidet die Dörfer der Hohen Rhön von der Außenwelt ab. Doch Kommissar Klaus Seeberg muss in das Dorf Kaltengrund, um den dreißig Jahre zurückliegenden Mord an einem Grenzsoldaten aufzuklären. Während seiner Ermittlungen stößt er bei den Einheimischen auf eine Mauer des Schweigens. Aber er bleibt hartnäckig, denn er glaubt, dass die Spur ihn auch zu den Verantwortlichen für den Mord an seiner Tochter führt.

Hochspannend – Kommissar Seeberg ermittelt in eigener Sache.

Regelmäßige Informationen erhalten Sie über unseren Newsletter. Jetzt anmelden unter: www.aufbau-verlage.de/newsletter

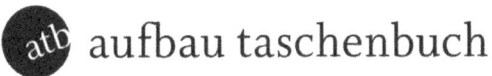